客途秋恨

文／伍百年

畫／潘峭風

編／方滿錦

▲伍百年先生照（1896-1974）

伍百年先生簡介

伍百年先生（一八九六—一九七四），廣東新會人，出身書香世家，少聰慧，嘗師事大儒梁啓超先生，廣東法政專門學堂畢業，早年在國內從律、從政，一九四九年後在香港懸壺濟世，著有《芝蘭室隨筆》、《逸盧詩文集》、《客途秋恨》、《內分泌與糖尿病》、《傷寒擷微》等書。

目錄

編者序……一
伍百年先生其人其詩……一
曲詞……一
一　涼風有信，秋月無邊，虧我思嬌情緒，好比度日如年。……二
二　小生嫪姓蓮仙字，爲憶多情妓女麥氏秋娟。……四
三　見佢聲色性情人讚羨，更兼才貌兩相全。……六
四　今日天隔一方難見面，是以孤舟岑寂晚景涼天。……八
五　夕陽戀住個對雙飛燕，斜倚在蓬窗，思悄然！……一〇
六　耳畔聽得秋聲桐葉落，又見平橋衰柳，鎖寒煙，我情緒悲秋同宋玉，況且客途
抱恨，你話對乜誰言？……一二
七　正係舊約難如潮有汛，新愁深似海無邊。……一四
八　第一係觸景更添情懊惱，虧我懷人愁對月華圓。……一六

九　嬌呀，記得青樓邂逅中秋夜，共你並肩攜手拜嬋娟。……一八
十　我亦記不盡許多情與義，眞係纏綿相愛復相憐！……二〇
十一　共你肝膽情投將有兩月，點想同群催趲要整歸鞭。……二二
十二　幾回眷戀難分捨，都只爲緣慳兩字要拆離鸞。……二四
十三　個陣淚灑西風紅豆樹。……二六
十四　情牽古道白榆天。……二八
十五　嬌呀，你杯酒臨歧同我餞別在個處望江樓上設離筵。……三〇
十六　你重牽衣致囑個段衷情話，叫我要存終始兩心堅。……三二
十七　今日言猶在耳誠虛負，屈指如今又隔一年！……三四
十八　古話好事多磨從古道，半由人力半由天。……三六
十九　是以風塵閱歷崎嶇苦，雞群混跡暫且從權。……三八
二十　恨我請纓未遂終軍志。……四〇
二一　就係駟馬難揚祖逖鞭！……四二
二二　只學得龜年歌調唐宮譜，遊戲文章賤賣錢。……四四

二三　實只望裴航玉杵正得諧心願，藍橋踐約自去訪神仙。……四六
二四　個陣廣寒宮殿無關鎖，何愁好月不團圓。……四八
二五　點想滄溟鼎沸鯨鯢變，個的妖氛漫海動烽煙！……五〇
二六　是以關山咫尺成千里，縱有雁札魚書總杳然。……五二
二七　今日又聽得羽書馳牒報，都話干戈撩亂擾江村。……五四
二八　個的崑山玉石也會遭焚燬！……五六
二九　好似避秦男女入桃源。……五八
三十　嬌呀，你紅顏薄命會遭天妒，重怕眾賊星來犯你個月中仙。……六〇
三一　嬌花若被狂風損，玉容無主你話倩乜誰憐！……六二
三二　重怕你幽蘭不肯受污泥染，一定拼喪香魂玉化煙。……六四
三三　若然你豔質遭凶暴，我願同埋白骨伴姐粧前！……六六
三四　或者死後得成連理樹，好過生前常在奈何天！……六八
三五　重望慈雲法力行方便，把楊枝甘露救出火坑蓮。……七〇
三六　等劫難逢凶俱化吉，個的災星魔障永不相牽！……七二

三七　虧我心似轆轤千百轉，空眷戀！嬌呀但得你平安願，我亦任你天邊明月向別人圓。……七四
三八　聞擊柝，夜三更，又見江楓漁火照愁人。……七六
三九　幾度徘徊思往事，怨嬌何必咁痴心。……七八
四十　風流不少憐香客，羅綺還多惜玉人。……八〇
四一　古道煙花誰不貪豪富，做乜你偏把多情向住小生？……八二
四二　況且窮途作客囊如洗，就係擲錦纏頭愧未能！……八四
四三　得我塡詞偶寫胭脂井，佢重含情相伴對住銀燈。……八六
四四　細問曲中何故事？我就把陳後主個段風流說過你聞。……八八
四五　講到兵困景陽家國破，歌殘玉樹後庭春。……九〇
四六　攜住二妃藏井底，死生難捨意中人。……九二
四七　你聽到此言多嘆羨，都話風流天子更情眞！……九四
四八　但係唔該享盡奢華福，故此把錦繡江山委路塵。……九六
四九　你係女流也曉興亡事，不枉梅花爲骨雪爲心。……九八

五十　你重話我珠璣滿腹原無價，知你憐才情重不嫌貧！……一〇〇
五一　慚非玉樹蒹葭倚，正係蔦蘿絲附木瓜身。……一〇二
五二　洗淨鉛華甘謝客，是祇望平康早日脫風塵。……一〇四
五三　恨我樊籠無計開金鎖，故此鸚鵡羈留困住姐身！……一〇六
五四　況且孤掌難鳴爲遠客，叫我有心無力幾咁閒文。……一〇八
五五　欲效藥師紅拂事，改妝夤夜共私奔。……一一〇
五六　又怕相逢不是虯髯漢，陌路欺人會起禍根。……一一二
五七　龍潭虎穴也非輕易？個陣恩愛翻成誤玉人！……一一四
五八　思量啣石塡東海，好似精衛虛勞一片心。……一一六
五九　虧我胸中枉有千言策，做乜並無一計挽釵裙？……一一八
六十　今日前程盡付東流水，好似春殘花蝶兩相分。……一二〇
六一　正係神女有心空解珮，襄王無夢再行雲。……一二二
六二　重怕一別永成千古恨，蠶絲未盡枉偷生。……一二四
六三　今日飄零書劍爲孤客，扁舟長夜嘆寒更。……一二六

六四　男兒短盡英雄志，縱使得成富貴亦是虛文。……一二八
六五　只爲放開懷抱思前事，越思越想越覺傷神。……一三〇
六六　風送夜潮寒澈骨，又聽得隔林山寺報鐘音。……一三二
六七　聲聲似解相思苦，獨惜心猿飄蕩向那方尋？……一三四
六八　既說苦海濟人登彼岸，做乜世間留我種情根。……一三六
六九　想必風流五百年前債，結成夙恨在紅塵！……一三八
七十　又見秋水遠連天上月，團圓偏照別離身。……一四〇
七一　水月鏡花成幻想。茫茫色空兩無憑。……一四二
七二　恩愛自憐同一夢，情緣誰爲証三生。……一四四
七三　今日意中人隔天涯近，空抱恨，琵琶休再問。……一四六
七四　惹起我青衫紅淚越覺消魂！（全曲文完）……一四八
再版題跋……一

編者序

近世吾粵言南音者，首推清乾隆錢塘繆蓮仙所撰《客途秋恨》。其曲辭婉轉悽怨，文筆搖曳多姿，傳唱歷百餘年而不衰。三十年代，粵劇泰斗白駒榮擅唱此曲，風靡嶺南，迄今仍爲知音津津樂道。五十年代，新會梁啓超入室門人伍百年（筆名：吟秋客）聯同名畫家潘峭風按原曲之意，繪撰爲圖文並茂之抒情小說，逐日刊於自然日報副刊，轟動香江文壇，一時洛陽紙貴。或曰：《客途秋恨》之白歌、伍文、潘畫；堪稱三絕，各擅勝場。白歌已廣泛流傳，伍文、潘畫漸次無聞，令人慨嘆。際此伍百年老先生百齡又二週年冥誕，乃輯刊彼等演繹之小說，以資紀念，並饗知音。

方滿錦　謹識

一九九八年八月一日

伍百年先生其人其詩

門人　方滿錦

一　引言

伍百年先生工詩詞，善文章，其詩憂國傷時，情同杜甫、陸游；其詞豪放雄渾，有如辛稼軒；其文得新民體之精髓，不脫梁任公本色，甚或可以亂眞。其社論文章，除立論公正不阿外，更以駢散筆法撰寫，行文揮灑流暢，有如行雲流水。其述史記實之文，亦駢散兼行，筆錄史實，如《義士殲倭記》（香港中文大學圖書館有藏）即其例也。是書由新亞書院前董事長趙冰博士口述，伍百年先生筆錄，其弁言云：「倭寇侵邊，肇釁于東北；蘆溝變起，毒痛乎西南；……迪有義士，起自民間，竭愛國之赤誠，伸民族之大義，挺身攘臂，糾集義民，餉械自酬，不耗公帑，……救人不取酬，建功不受賞，立巖牆而色不變，履虎穴而智脫危……。」

趙冰博士口述．伍百年先生筆記《義士殲倭記》，（香港：一九六八年一月再版，香港德成印刷），頁五。

此外，百年先生雖非小說家，亦能以明清小說家之筆調，撰寫詩文詞曲融滙而一之小說，其才情之高，直逼古人。五十年代，百年先生以吟秋客筆名，聯同名畫家潘峭風，摘取粵劇名伶白駒榮首本名曲〈客途秋恨〉之曲詞，演繹成圖文並茂之抒情小說，逐日刊于《自然日報》副刊，轟動香江文壇，時人譽「《客途秋悢》之白歌、伍文、潘畫，堪稱三絕」伍百年／文．潘峭風／畫．方滿錦／編《客途秋恨》，（臺北：臺灣天工書局，一九九八年），頁一。。香港文人作品中，似尚未見以一首歌詞演繹為一篇小說者，百年先生之《客途秋恨》，實屬創舉。

百年先生才氣縱橫，文學成就何止數端？囿於篇幅，僅述其人其詩，以資紀念。

二　伍百年先生生平概略

伍百年先生（一八九六—一九七四）廣東新會白沙里人，出身書香世家，其父伍月垣先生乃清季「國子監太學生，習儒術而不慕名，通法理而尊崇人道，精申韓之學，而不以名法炫世，以醫濟世」《伍氏家譜》手稿，頁三一。。時值革命軍興，清帝遜位，國體變更，月垣先生召百年先生而曉諭之曰：「國體雖更，亂離未遏，有志之士，應以國家中興之責，引為己任，治國之道，聖賢已詳言之矣，經世之學，今人研之少矣，神而明之，存乎其人，爾小子宜勉之！」《伍氏家譜》手稿，頁三二。百年先生敬謹受教，由是萃其力于經邦治國之道，從名師，求益友，舉凡古今中外治亂得失之端，無不夜以繼日，求得其當，蓋得父之教也。

據伍氏家譜載百年先生「生於清光緒二十二年，少歧嶷，記憶力特強，有神童之譽，六歲進校三年，八歲而通五經，十三而成文章，從名師陳芙意學文、林仲肩學史兼書法、梁任公學政治文章，集各師之大成，弱冠考廣東高等法政專門學堂，監督夏同龢狀元嘆爲奇才，每試輒冠全曹」《伍氏家譜》手稿，頁三九。問世後，從律從政，其家譜述其「繼父志而主鄉政，爲民團團長，旋執律師業，嗣充廣州警察總局警審所承審官，調升所長，粵軍討逆之役，任職東路討賊軍總司令部上校秘書，……靖亂後，考任第一集團軍總司令部祕書」。《伍氏家譜》手稿，頁四十。有關其生平事蹟，從其〈致林毅南學長書〉可知梗概：

僕也，宦遊羊石，干祿金陵，佐幕府於元戎，未嫻軍旅，擁書城以立法，無補民權，雖志欲濟夫蒼生，而澤未及赤子，撫躬循省，慚疚殊常，正動退思，遽遭國難，倚劍灑傷時之淚，走筆成討賊之文，及至傀儡登場，木屐採縱於三島，蠻夷問鼎，鐵蹄踐踏於兩京，迫而橐筆南還，藉收文化抗戰之後勤，以俟揮戈北指，願爲武力之前驅。伍百年著《逸廬詩詞文集鈔》手稿本，頁一五二。

百年先生嘗以子房之才，爲當軸之客卿，爲國奔勞，時南時北，時顯時隱，亦曾避亂濠江。一九四九年百年先生流寓香江，應《自然日報》之請，主持筆政，撰寫社論，並於副刊撰寫俠義言情長篇小說《客途秋恨》。晚年懸壺濟世，設醫務所於中環李寶椿大廈，嘗應泰國客屬公立醫院之請，作醫學演講。六十年代，講課于經緯書院。一九七四年夏，百年先生歿于港，享世七十有九。其著述頗豐，已出版者有《芝蘭室隨筆》、《客途秋恨》、《義士殲倭記》、《內分泌與糖尿病》，另遺世手稿《逸廬詩詞文集鈔》及《傷寒擷微》，尚待付梓。

百年先生志士仁人也，遭逢亂世，飽歷滄桑，觀其一生，經歷國體更易，內亂外侵，政權易手，流寓海外，其身世情懷及抱負，《芝蘭室隨筆》自序云：

江湖浪跡，覽百態之紛呈；滄海歸來，傷萬方之多難！觸於目者可憶，攖於心者難忘，深於情者足傳，悖於義者當貶，摘其事之足述，言之無傷者，不論古今中外，蒐羅筆底，其紀之也固宜。祇以疏懶成性，清狂猶昔，孤蹤落落，影儗寒梅；傲骨嶙嶙，趣同澹菊，郊生亂世，難覓桃源，侷處湫居，愧對蘭室！舉目有河山之異，焉得閒情？騁懷無泉石之娛，更牽俗慮！進不得中原逐鹿，退不獲航海潛龍，用武無從，臨文有恨！祇贏得清風兩袖，殘卷一囊，煮字難療，吟懷愈惡！讀庾子山之賦，哀盡江南！登王仲宣之樓，望迷冀北！文物湮沒，人境全非！藐是流離，至於暮齒。下帷蘇子，重讀陰符，解組張侯，又著金匱。問百世之絕學，誰是繼人？藏萬卷之遺廬，都付劫火！輒灑新亭之淚，常懷故國之思！茹苦訓兒，望王師之北定；抱殘結侶，守吾道以南行；不遇知音，寧安緘默。如斯心境，本無意於操觚；舊雨忽來，竟促余以握管。才非倚馬，技等雕蟲，急就成章，蕪瑕難免，所望攻錯剔疵，固有賴於通人！祇求立論持正，可告諸於讀者。

伍百年著：《芝蘭室隨筆》（臺北：臺灣天工書局，一九九八年），頁一。

上引序文，雖屬駢體，然揮灑自如，流暢明快，文筆宏肆，擲地有聲，而未見堆砌之弊，才情之高，於此可見。百年先生乃亂世才人，慨歎「江湖浪跡，覽百態之紛呈；滄海歸來，傷萬方之多難」！其議事態度，具董狐風範，公正不阿，「深於情者足傳，悖於義者當貶」。由於遭逢國難，感觸殊深，「舉目有河山之異」，「讀庾子山之賦，哀盡江南！登王仲宣之樓，望迷冀北！文物湮沒，人境全非」「輒灑新亭之淚，常懷故國之思！茹苦訓兒，望王師之北定」；其人抱負，志在霖雨蒼生，奈何「進不得中原逐鹿，退不獲航海潛龍」；其人天生「傲骨嶙嶙」，不與俗世同流，「不遇知音，寧安緘默」。

三　伍百年先生之詩

伍百年先生《逸廬詩詞文集鈔》手稿，存詩逾三百首，眾體悉備，並有創體，題材多傷時憂國，反映現實爲主，無論何種題材，如詠懷、寄贈、遊歷、唱和、思鄉、退隱、悼亡、懷古、題詠等，都洋溢著愛國情懷，有杜甫及陸游之風。近人章士釗評其詩文云：「詩是宗唐，文是桐城派作風，而繼任公之後，從事革新，好用排筆，而駢散兼行，這是錢牧齋的格調。」伍百年著：《芝蘭室隨筆》（臺北：臺灣天工書局，一九九八年），頁一五。並有贈詩云：

一代文光光映雪，百年妙筆筆如鐵！聲搖五嶽作龍吟，力掃千軍夷虎穴；

書法董狐正不阿，詞宗司馬曾何別？雄奇抗手李青蓮，雅逸前身陶靖節。伍百年著：《芝蘭室隨筆》（臺北：臺灣天工書局，一九九八年），頁一五。

而百年先生亦曾回贈章氏詩，於此可見互相推許之情：

夢回聽徹玉笙寒，閒臥滄江強自寬！潄玉醉花詞摋藻，鬱金香草氣如蘭！

琴樽北海容多士，絲竹東山薄一官。烈士壯心知未已！蒼生誰爲挽狂瀾。伍百年著：《芝蘭室隨筆》（臺北：臺灣天工書局，一九九八年），頁一六。

百年先生詩以記實爲主，尤其縷述戰亂慘況，有杜甫之風，而情懷又與放翁同，愛國熱忱，躍現紙上，茲引下列數詩爲証：

敵機轟炸羊城感賦（民國廿七年六月六日）

烽火連天掩穗城，蓬門大廈一時傾。人禽木石悲同盡，猿鶴沙蟲劫未平。

梟獍爲心夷狄毒，瘡痍滿目鬼猶驚。外僑醫士曾逼害，人道胡爲任獸行。《逸廬詩詞文集

鈔》手稿本，頁八四。百年先生自註：敵機自五月十八日起，至六月十二日，連天轟炸羊石，尤以六月六日至十日為烈，中法韜美醫院亦被波及，法醫㤄受池魚之殃，國際仍無實施制裁之決心，人道云乎哉？

戰爭使「蓬門大廈」、「人禽木石」、「猿鶴沙蟲」同遭淪亡厄運，詩中除譴責日寇外，並譏諷國際未能制裁侵略者。

哀粵民　五古（紀事詩）

鐵鳥蔽空來，彈落如雨屑，廣廈與蓬門，榱崩柱又折，仕宦至庶人，

肢殘同命絕，血染五羊城，骨聚千堆雪。覆巢變山坵，陷處成窟穴。

大道不通行，薄棺紛陳列。死者永冤沉，生者痛離別。傷者徒呻吟，

醫者救難徹。四野腥氣熏，午夜悲慘冽。習習陰風吹，沉沉魂魄結。
雲山景寂寥，珠海流嗚咽。人道既淪亡，國際空饒舌。黃種自相殘，
白人誰不悅。唇亡齒亦寒，藩蘺忍自撤。鷸蚌久相持，漁人笑我拙。
獻機復獻金，都是民膏血。仰首觀青天，我機嘗一瞥。防弛口悠悠，
望救心切切。呼天天不聞，空負人心熱。民命等蜉蝣，哀哉我遺子！《逸廬詩詞文集鈔》手稿本，頁二九。

此詩上半部記述戰爭慘狀，活現眼前，令人寒慄，「血染五羊城，骨聚千堆雪」，「大道不通行，薄棺紛陳列」，「傷者徒呻吟，醫者救難徹」；下半部則爲蒼生抱不平，痛斥渾水摸魚者之醜行，何等可怕，「國際空饒舌」，「漁人笑我拙」，「獻機復獻金，都是民膏血」，末二句「民命等蜉蝣，哀哉我遺子」，再爲民命哀歎。全詩用仄韻，語促而厲，益見沉痛。

百年先生除崇杜甫詩外，亦酷愛陸游詩，有集陸游句七絕二首：

感時　其一

風雨何曾敗月明，國家圖籙合中興。王師北定中原日，笙鶴飄然過洛城。

其二

一笴他年下百城，山如翠浪盡東傾。蒼天可恃何曾老，再到蓬萊路欲平。《逸廬詩詞文集鈔》手稿本，頁六七。

百年先生之詩，悲壯雄豪，洋溢愛國情懷，深得陸游詩神髓，下列諸詩可見一斑：

挽師長趙登禹　丁丑（一九三七）秋作

膽豪不愧常山趙，節烈更同信國文。果也見危能授命，勇哉負創建奇勳。

北平遽壞長城石，南苑翻成壯士墳。遙望燕雲歌薤露，鼓鼙聲急倍思君。《逸廬詩詞文集鈔》手稿本，頁三二。

趙登禹（一八九〇—一九三七），抗日名將，七七事變後，日軍入侵，趙登禹率部死守北京城外的南苑，孤軍作戰，奮勇抗敵，壯烈殉國，死年三十九，舉國哀悼。詩中譽趙登禹爲趙子龍及文天祥，末句「遙望燕雲歌薤露，鼓鼙聲急倍思君」，尤爲沉痛。

勉守四行倉庫諸將士

孤軍獨峙守危樓，一息猶存誓不休。勁節足寒胡虜膽，霜鋒待削敵人頭。
丈夫豈有偷生去，寸地還思爲國留。與日偕亡眞大勇，拚將熱血灑神州。《逸廬詩詞文集鈔》手稿本，頁三六。

一九三七年，七七蘆溝橋事變，日寇侵華，八月攻上海，我軍抗日名將謝晉元（一九〇五—一九四一）率八百壯士死守戰略要點四行倉庫。四行倉庫乃當年四大銀行：大陸銀行、金城銀行、鹽業銀行、中南銀行之儲備倉庫。倉庫位於蘇州河北岸西藏路，樓高七層，爲鋼筋水泥建造之七層大樓，樓身堅固，易守難攻，具戰略價值。敵軍動員強大兵力，配備精良，強行攻城。死守四行倉庫之八百壯士，雖以寡敵眾，惟士氣高昂，以不死精神，前仆後繼，英勇抗敵，屢重創日軍。捷報傳遍中國，國人振奮，百年先生賦詩勉之，句句振奮士氣，如「勁節足寒胡虜膽，霜鋒待削敵人頭」，「與日偕亡眞大勇，拚將熱血灑神州」，是詩豪放悲壯，風格如陸游詩。

濠江客邸過清明

風聲遙把角聲傳，一念危巢便惘然。人哭清明流血淚，我悲寒食起烽煙。四郊多壘瑩生棘，千隴無禾草蔓田。賦罷登樓心亦碎，烏啼月夜不成眠。《逸廬詩詞文集鈔》手稿本，頁五二。

抗日期間，百年先生嘗避亂澳門，適逢清明，感慨不已，詩中「人哭清明流血淚，我悲寒食起烽煙」，可見其心情非常沉痛悽愴。彼以杜甫之筆調，述錄戰爭災害，「四郊多壘瑩生棘，千隴無禾草蔓田」，斯時，遊子心態焉能不「賦罷登樓心亦碎」！

贈李任潮將軍

叱咤當年萬里馳，清風兩袖一囊詩。運籌足儗蕭相國，鑄像甯忘范蠡祠。獻策賈生無黍節，還家蘇子有誰知。丹心恥作封侯想，蒿目蒼生欲濟時。《逸廬詩詞文集鈔》手稿本，頁五八。

李濟深（一八八五—一九五九）字任潮，原籍江蘇，生於廣西蒼梧，出身行伍，著有《李濟深詞鈔》及《李濟深詩文選》，有儒將之稱。李濟深返國前，嘗寓港，百年先生賞其文才、武才及抱負清廉，故贈詩中有「清風兩袖一囊詩」及「丹心恥作封侯想」等語。

贈湯恩伯將軍

大任從來匪異人，西平風範靄相親。八年奮武馳南北，百戰餘威泣鬼神。蒿目山河猶破碎，攖心國土懼沉淪。艱虞賴有忠良在，砥柱狂流罔惜身。《逸廬詩詞文集鈔》手稿本，頁五八。

湯恩伯（一九〇〇—一九五四）原名湯克勤，浙江武義人，日本陸軍士官學校畢業，中國國民革命軍高級將領，抗日時期，血戰南口，聲名大噪，爲臺兒莊大捷之名將，於華北戰場上，多次重創日軍，故百年先生譽之云：「八年奮武馳南北，百戰餘威泣鬼神」。抗日戰爭後，「蒿目山河猶破碎，攖心國土懼沉淪」，令人惋惜。

國運重光喜極而賦此以誌慶也

東夷北襲復南侵，荼毒生靈恨已深。叛黨詞人更媚敵，殘民奸吏競淘金。
覆巢猶望全完卵，報國常懷策反心。歷險含辛棲虎穴，八年苦旱遇甘霖。《逸廬詩詞文集鈔》手稿本，頁八五。

上詩雖云爲國運重光喜極而賦，然喜意不多，反而借詩回顧日寇侵華、漢奸賣國、奸吏斂財之史實及個人經歷。詩中控訴日寇「東夷北襲復南侵，荼毒生靈恨已深」，又諷汪精衛爲「叛黨詞人更媚敵」，亦斥發國難財之「殘民奸吏競淘金」，自己則「報國常懷策反心」，「歷險含辛棲虎穴」，戰事結束，國運重光，末句「八年苦旱遇甘霖」，聊以點題而已。

百年先生詩才橫溢，眾體悉備，如疊字詩、騷體詩、創體新樂府、五古、七古、諷刺詩等均可窺其愛國熱情，茲引錄如下：

（一）疊字詩

疊字詩，源出詩經，難寫難妙，百年先生之疊字詩嗚咽淒斷，感人肺腑，例如：

哀戰詞（一九三七年）其一

神州莽莽亂紛紛，鼙鼓冬冬日日聞，擾擾干戈驚陣陣，憧憧鬼影動群群；纍纍白骨堆堆積，隊隊紅顏處處云，口口聲聲尋弟弟，嗚嗚咽咽哭君君。《逸廬詩詞文集鈔》手稿本，頁四六。

上詩八句，疊字十八，七律之中，實屬罕見。詩中以寫實手法，除指出戰爭殘酷外，「纍纍白骨堆堆積」，亦縷述民間慘劇：亂世時代，婦女爲生活所迫，「隊隊紅顏處處云」；家人失散，「口口聲聲尋弟弟，嗚嗚咽咽哭君君」，呼天搶地尋親，聞者心酸。

其二

茫茫塵海禍滔滔，滾滾狂潮夜夜號；是是非非終混混，生生死死亂糟糟。
悠悠史跡斑斑血，浩浩災場點點膏；暮暮朝朝長恨恨，風風雨雨鬼嘈嘈。《逸廬詩詞文集鈔》手稿本，頁四六。

此詩疊字凡二十，其難度更高。上詩哀悼戰爭殘酷，塗炭生靈。亂世時代，「是是非非終混混」，人性無是非可言；「生生死死亂糟糟」，生命無保障可言；戰事無情，空餘長恨，「暮暮朝朝長恨恨，風風雨雨鬼嘈嘈」，誠可悲也。

上引二詩，疊字連連，復而不厭，頤而不亂，益增悲愴哀痛，「正是嗚咽淒斷說不出處」，乃一首血淚之作，動人肺腑。

（二）騷體詩

惜逝（端午悼故友亦自傷）

惜往逝兮逝者已往乎西遊，賦歸來兮來者復歸於南陬，西遊一去兮不復返，南陬三遷曷勝憂。昔嘗共棲止，相濟切同舟。寖且成永訣，長此恨悠悠。

吁嗟乎，歎逝者其已矣兮，等人生於蜉蝣，豈因世之溷濁兮，曾不願以少留。傷羽翮之摧折兮，值滄海之橫流。茝蘭萎于空谷兮，剩野卉之盈疇。懷孤憤以嫉俗兮，實曲高而寡儔。思隱遯以高蹈兮，將踵武乎巢由。但舉世之泯棼兮，烽煙已漫乎神州。去吾土其夷狄兮，儼南冠之楚囚。矧先民之多艱兮，忍恝然而乘桴。鄙肉食者之貪婪兮，恥屠狗之封侯。懼與儈夫爲伍兮，貽吾黨之奇羞。懔大道其將絕兮，守殘闕而罔休。凌絕頂以縱目兮，怵壯志之莫酬。不隨駑馬之跡兮，必欲駕乎驊騮。乘騏驥以馳騁兮，尋遺則于孔孟。倘世與我而相遺兮，弔屈子于江頭。登西臺而慟哭兮，傾餘蘊之煩憂。苟靈爽其不昧兮，魂來饗于斯樓。《逸廬詩詞文集鈔》手稿本，頁九九。

上首詩乃騷體，筆勢縱肆，起伏迴蕩，一唱三嘆，情感眞切，除悼友及自傷「壯志莫酬」外，亦有傷時之語，如「但舉世之泯棼兮，烽煙已漫乎神州，去吾土其夷狄兮，儼南冠之楚囚」。詩中對權貴小人予以鄙屑，如「鄙肉食者之貪婪兮，恥屠狗之封侯，懼與儈夫爲伍兮，贈吾黨之奇羞」，最後表達其願望「乘騏驥以馳騁兮，尋遺則于孔孟」，若事願違，則「弔屈子于江頭，登西臺而慟哭兮」，其情懷沉痛非常。

（三）創體新樂府二首　步雲點睛格

步雲點睛格乃百年先生新樂府詩之創格，由三言至六言均偶句，從三言起至七言單句，從三言起至七言，遞加直上，謂之步雲（取腳踏青雲步步高之義），用題目五言爲收句，謂之點睛，而偶句均對仗。

徒悵秣陵秋

雲中鶴，海上鷗，飛翔閬苑，嬉逐江頭，恥與雞群立，不爲世網囚，哂彼貪夫殉利，任他屠狗封侯，一朝勢落成春夢，徒悵秣陵秋。

百年先生潔身自愛，「恥與雞群立」，諷刺南京當國者，若不爲群眾造福，徒事黨爭，縱使如何富貴，轉眼成空，其不自由處，爲世網所羈，枉用心機，曾鷗鶴之不如！結果落得惆悵京華，一場春夢而已，足爲主政者當頭一棒！

世人每爲名韁利鎖所縛，世網俗累所囚，何有自由？宜乎爲鶴鷗所笑。所謂名利權威，一旦勢落，便成陳跡，徒供後人憑弔，何爭逐爲？此詩之意也。

醉眼看橫流

煙波動，月影浮，興亡史蹟，湧上心頭，盛事稱三代，霸圖懾五州，忠佞恩讎瞬汰，賢愚善惡全休，空餘後浪推前浪，醉眼看橫流。

《逸廬詩詞文集鈔》手稿本，頁六八。

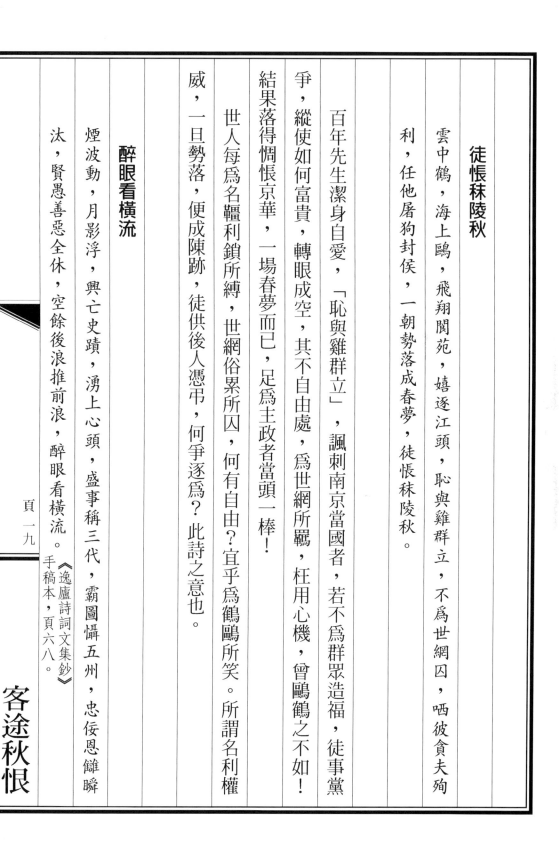

每於煙波蕩漾月影浮沉之際，使人乍起今古興亡滄桑變幻之感，如中國之盛治，輒稱三代（三代指唐虞夏），列強之霸圖，威懾五州（暗指拿破崙、威廉二世、希特勒、史太林之輩），惟轉瞬之間，煙消雲散，不論忠佞恩讎，賢愚善惡，俱爲時代所淘汰，則野心家亦可以休矣！

此詩旨在諷刺世界黷武主義之侵略者，不應違反時代潮流，妄爭霸權，遺害人類，凡事宜從達觀，莫再蹈列強霸主之覆轍，否則亦不免爲洪流所淘汰。

上二詩，由首句三言至六言，凡偶句均含對仗，詞意典雅，聲韻鏗鏘，洵妙文也。其寓意誠能針對現實，蘊寓深意，豈僅情詞並茂而已也。而於世道人心，亦有裨益焉。蓋百年先生爲愛國詩人，生逢亂世，懷才不遇，與杜甫陸游身世略同，而其感慨更不離時代及現實，與無病呻吟者迥異，能不令人欽佩之餘，一掬灑同情之淚哉！

（四）新樂府

木屐兒歌　録舊作紀念八一三

木屐兒，木屐兒，橫挑戰禍欲胡爲？本屬同文復同種，自煎同根撤藩籬，鬩牆招侮殊非計，舉目誰親漫恃勢，既襲南滿掠遼陽，侵攫台灣與高麗，滿則招損之禍何？利之所在必有弊！必有弊！君不見威廉之二世，窮兵失國走天涯，又不見法之拿破崙，稱雄踏破歐羅巴，卒阨於俄遭慘敗，五州雖大難爲家，須知謙者方受益，驕貪必敗奚足誇，勿謂天下莫予毒，或者天命在中華，一舉蕩平爾三島，直搗東京碎櫻花，櫻花碎，倭人悔，爾時雖悔亦已遲，嗟爾東夷何憒憒。《逸廬詩詞文集鈔》手稿本，頁六五。

日寇侵華，血痕未乾，每誦至「或者天命在中華，一舉蕩平爾三島，直搗東京碎櫻花，櫻花碎」，不禁令人熱血沸騰，義憤塡膺！

（五）五古

門人方滿錦購得先師所著飲冰室全集呈閱予雒誦師書有感而作（長五古）

遺著重雒誦，不禁淚雙垂，四十五年來，念師無已時，思成與思永，
吾師跨灶兒，學成獻祖國，成永留西岐。我師及其子，所學兼華夷，
文化界巨人，師當之無疑。哲人有哲嗣，小人固嫉之，巢覆卵難全，
心爲成永危，祈天祐成永，安全如所蘄，更禱師之靈，護之以靈旗，
幸獲償所願，天道果無私，永任教清華，成作工程師，塤篪蒙庥祐，
吉人災難離，衣食兩無缺，所學克施爲，緣師及父祖，積善由好施，
廉隅向所守，眞理闡無遺，遺書贈世人，人皆以爲奇。我昔列門牆，
杖履常追隨，訓我以八德，範我以四維，勉我成通才，勗我爲良醫，
天下爲己任，窮達志不移，餘力以學文，旁及詩賦詞，治學貴有恆，
從政職無虧，愛民如赤子，宅心本仁慈，溫故更知新，博學尤愼思，

舉凡師所傳，篤行罔敢欺，弱冠任法曹，廉貞克自持，壯歲佐元戎，
運籌適機宜，宦遊京滬間，群黎口留碑，逆知廈將傾，苦口進良規，
忠言每逆耳，國士徒愴悲，縱敵寇勢熾，長安任賊馳，百萬師卷甲，
千里失城池，豪門遁異域，全局剩殘碁，元首也蒙塵，正統偈邊陲，
醜類天誅稽，生靈地獄羈，佞臣事新莽，遺老望王師，文士投炎荒，
武夫拊肉髀，避秦居海澨，思漢哭天涯，白梅凋北郭，黃菊冷東籬。
冬暖兒號寒，年豐妻啼飢，長才無所用，大節未曾靡。廿年懷故國，
一朝望新曦，未悖師門訓，徒辜師厚期。憶昔難忘昔，念茲永在茲，
對書長太息，掩卷欲語誰。（師昔有句云：舉國猶狂欲語誰。）《逸廬詩詞文集鈔》手稿本，頁一一三。

七十六歲白首門生朝柱伍百年

全詩九十二句，一韻到底，氣魄恢宏，跌宕抑揚，內容豐富，清沈德潛《說詩晬語》卷上第四十八則載：「五言古，長篇難於鋪椐，鋪椐中有峰巒起伏，則長而不漫；……，又長篇必倫次整齊，起結完備，方爲合格。」此詩亦具上述優點。是詩爲紀

念師恩而作，並愛屋及烏，憂心師嗣思成、思永，顯見師徒之情何等深厚眞摯。詩中透露百年先生行誼「弱冠任法曹，廉貞克自持，壯歲佐元戎，運籌適機宜，宦遊京滬間，群黎口留碑，逆知廈將傾，苦口進良規，忠言每逆耳，國士徒愴悲」，並對政局之逆轉，人事之境況，國運之艱難，故舊之凋零，表示深切哀痛，慨歎「元首也蒙塵」，「佞臣事新莽，遺老望王師，文士投炎荒，武夫拊肉髀，避秦居海澨，思漢哭天涯，白梅凋北郭，黃菊冷東籬」，句句寫實，「遺老望王師」，更情同放翁。

（六）七古

維民國六十一年正月二十六日為 梁任公先師百周年紀念日夢寐 見之以詩述懷

我師生異常兒幼岐嶷，天才天授非人力，齠齡鄉黨稱神童，賦性剛強如矢直，四歲能讀四子書，五歲毛詩已稔識，六至七齡通五經，八歲學文抒胸臆，九歲能綴千字文，十二游泮初奮翼，十七己丑舉孝廉，斯時文名動京國，主考鄉試李尚書（端棻），心驚師才重師德，以妹許字成姻親，抵掌論政深相得，弱冠問學康師門，耳目一新開茅塞，（以上見師三十自述一文中）清政不修弱且窳，外侮紛乘蹙疆域，帖括取士錮儒林，敗壞人才心腐蝕伍百年先生自註：清之錮才腐心政策，顧亭林云：「八股取士，敗壞人才，甚於焚書坑儒。」見《日知錄》。，公車上書格帝心伍百年先生自註：德宗光緒帝甚感動。。百日維新遭鬼殛伍百年先生自註：新政為頑固群臣環攻，西太后破壞。，袁賊辜恩泄機謀，賣主媚后違帝敕伍百年先生自註：袁世凱奉德宗密諭，敕令袁率兵圍頤和園，迫西太后同意新政，袁竟將機謀泄于西太后之心腹佞臣榮祿，西太后遂興大獄，殺六君子譚嗣同等於柴市，康梁避禍遠適異國。，西后凶頑過呂雉，忍將六君子戕賊，幽囚清帝於瀛台，更任權監肆凌迫伍百年先生自註：西太后囚德宗於瀛台，以寵監李蓮英監視之，對德宗百般凌虐，迨西后病革時：更鴆弒德宗，此為光緒三十四年之秘辛也。，禍不旋踵清亦亡，終見銅駝生荊棘。漢族重光政共和，袁氏陰懷心叵測，乙卯帝制竟自爲伍百年先生自註：西元一九一五年民國四年乙卯，袁世凱洪憲稱帝。，風悲日昏天地黑，我 師討賊草雄文伍百年先生自註：民國四年乙卯袁氏洪憲稱帝，先師草檄討袁，全國回應，中外震動，師更命門人蔡松坡返滇策動雲南省都督唐繼堯、貴州省都劉顯世、四川省長戴戡，師復親詣南京，說長江三省巡閱使馮國璋，曉以大義，馮本屬袁之心腹大將，但馮自接納師長建議，即按兵不動，拒袁出兵之請，師見長江流域已定，乃遄返廣東，與廣西都督陸榮廷及前兩廣總督岑春煊合組兩廣討袁司令部於肇慶，師任都參謀長，章士釗副之，余兄朝樞任政務廳長，由是各省討袁之義師紛起，袁知大勢已去，一氣之下，吐血身亡，帝制之禍遂息。，國民皆有所矜式，雲南義師動地來，帝制毒焰於焉熄，再造共和舉世崇，不朽之功同禹稷，師昔避禍涉重洋，遊蹤所歷遍南北伍百年先生自註：師昔避禍遠涉東西洋、南北美，及德法義各國，遊蹤遍歷寰宇，宣揚大同理論，著作等身，以貽世人，革新中華文化，迎合世界新思潮，以促進化，厥功甚偉。，等身著述貽世人，革新文化盡天職，欲使世界臻大同，浩氣長存永無極，紀念吾師百周年（伍百年先生自註：民國六十一年歲次壬子，正月二十六日為先師誕辰百周年紀念日，余此時夢寐見之，爰作此詩，以示不忘云爾。），至今夢寐恒追憶。於戲世界機運屢推移，大野玄黃變顏色，劣者敗兮優者勝，弱者之肉強者食，國際已無正氣存，邪說紛呶肆讒慝，吾將奮筆醒黃魂，醒我黃魂解困惑。（伍百年先生著《逸廬詩詞文集鈔》手稿本，頁一一五。）

是詩雖爲七古，但起句突兀不平，不爲格律所羈，故超二字，並押仄韻，益增氣勢磅礴，頓挫抑揚，一氣呵成，兼而有之。詩中彰述任公一生，可謂無遺，宜作史詩看。師歿百年，「至今夢寐恒追憶」，崇師之情，於此可見。詩末有「國際已無正氣存，邪說紛呶肆讒慝，吾將奮筆醒黃魂，醒我黃魂解困惑」等句，關心國運國魂，乃百年先生一生志業，蓋受師訓所影響也。

（七）諷刺詩

百年先生爲無黨派人士，對各黨派無主從關係，更不牽涉利害衝突，故交遊滿天下，並受到尊重，其對人處事公正不阿，正氣凜然，不畏權勢，以天下蒼生利益爲福祉，章士釗先生譽爲「書法董孤正不阿」，誠非虛語。其論黨國要人之詩如下爲証：

諷精衛 伍百年先生著《逸廬詩詞文集鈔》手稿本，頁五二。

當國詞人輕去國，那堪回首錦江春 伍百年先生自註：錦江，即川水。**。誰憐桃李曾僵代** 伍百年先生自註：曾仲鳴是汪門桃李，以其師事汪也，而卒李代桃僵，以身殉私，汪宜悼也，倩誰憐之。**，自比楊花亦美新** 伍百年先生自註：時人因汪反覆，目為水性楊花，謔而虐矣，余謂揚雄美新遂貽詞人敗德之譏，汪之響應近衛，得無類是。（按：新為王莽國號，莽篡漢，揚為大夫，作劇秦美新，論秦之劇，稱美之新，時論譏之敗德。）**。爲借東風資近衛** 伍百年先生自註：楊花欲借東風以資近衛。**，飄零南越悵前塵** 伍百年先生自註：孰知反飄零南越，始悟東風之無力，徒飄零而悵前塵，亦可哀也。**。護林心事隨流水** 伍百年先生自註：汪詞云：嘆護林心事，付與東流，……孥空根老，同訴飄零。**，負此冤禽劫後身** 伍百年先生自註：冤禽名精衛，而之為黨歷史亦因此而負矣。**。**

百年先生後嫌此詩明寫太露，再以王三娘子失節被棄爲題，續詠一律，以寓諷刺之意，仍用眞韻：

王三娘子失節被棄

國色如何不自珍，那堪回首錦江春。心傷桃李曾僵代，貌似楊花亦美新。

午夜夢殘恩欲絕，東風力薄露難均。根寒枝老飄零甚，恨比冤禽總未伸。《逸廬詩詞文集鈔》手稿本，頁五三。

王三娘子，即名劇《珍珠衫》主角王三巧。詩題的「王三娘子」隱含「汪」意。抗日戰爭期間，汪精衛（一八八三—一九四四）組織南京國民政府，百年先生不值其所爲，作詩諷其親日失節，謂其「自比楊花亦美新」，「爲借東風資近衛」，最後落得下場「根寒枝老飄零甚，恨比冤禽總未伸」。

寄草山元首《逸廬詩詞文集鈔》手稿本，頁八九。　四首錄其一（失大陸）

無限江山誤手中，一身成敗亦英雄。潮流後浪推前浪，時代新風淹古風。

得失先機爭一著，詐誠異處隔千叢。「詐誠」一語，伍百年先生自註：不以誠讓治國乃失敗之一因。

當年龍虎風雲會，歷史無情總是空。「歷史無情」一語，伍百年先生自註：不早功成身退，終受潮流歷史所汰。

草山行館位於台灣北投，乃蔣介石之官邸，故蔣有草山老人之號。草山元首一詞或語帶相關，微含諷意，如此稱呼，可謂罕見。百年先生責其失去江山，敗於「潮流後浪推前浪」，「得失先機爭一著，詐誠異處隔千叢」，註文中謂蔣「不以誠讓治國乃失敗之一因」，「誠讓治國」，其意義頗堪玩味，末句「歷史無情總是空」，指蔣「不早功成身退，終受潮流歷史所汰」，時至今日，已有定論。

四　結語

詩之爲用，伍百年先生於其《逸廬詩詞文集鈔》自序云：「夷考詩三百篇，大抵古聖賢發奮之所爲作也，以風雅頌爲經，以賦比興爲緯，經序四始，紀家邦風俗，政教得失，以明興廢之由，緯列五際，推卯酉午亥，革政革命，以窮治亂循環之理，其道宏矣。」伍百年著《逸廬詩詞文集鈔》手稿本，頁二。詩風之流變，百年先生自序云：「生當盛治，有風和日麗之吟，遭遇亂離，則多憂國傷時之感，其否泰苦樂之境雖殊，而其所以爲詩一也。」伍百年著《逸廬詩詞文集鈔》手稿本，頁二。

百年先生乃亂世才人，又爲愛國志士，無奈遭逢亂世，爲國奔馳，時南時北，嘗避亂濠江，最後客寓香江終老，一生無論由幼及壯，由壯及老，在何時，居何位，處何方，其志常繫霖雨蒼生，其詩每在憂國傷民，情同杜甫、陸游，堪稱愛國詩人。

——本文原題為〈讀伍百年先生《逸廬詩詞文集鈔》手稿〉，發表於二〇〇七年八月由香港大學中文系、香港中文大學聯合書院、香港中文大學逸夫書院、香港中國語文學會聯合主辦之「第二屆香港舊體文學國際研討會」，並刊載於《香港舊體文學論集》（香港：香港中國語文學會，二〇〇八年八月第一版），第一輯，頁四三—五二。

曲詞

涼風有信，秋月無邊，虧我思嬌情緒，好比度日如年。

「憑欄對月憶前情，身在客途心念卿！南國烽煙芳訊渺，風飄桐葉惹愁生。」這首詩，是一位頭戴儒巾，身衣儒服，英俊瀟灑的書生，在江濱花園中的樓頭，憑欄望月，見涼風吹拂枝頭，桐葉紛紛飄落，觸動他離情別緒，自難免悲秋懷人！所以吟出這首詩來，藉以排愁寄意。豈知「愁思」不是好惹的，一惹著，便無法排遣，反而勾引起無限心事。何況這一位書生，是天生情種，豪俠襟懷，風流儒雅，自命不凡；而才高命蹇，兩袖清風，偏遇風塵知己，神女多情，愧乏十萬金鈴，護花無力！自離筵一別，勞燕分飛，久候芳訊，魚沉雁渺，常縈夢想，莫慰相思，更憂玉人，吉凶未卜？居恆書空咄咄，度日如年；愁緒紛紛，深宵不寐。此夕臨風對月，觸處生悲，念其人如玉而命薄如花，落葉驚秋，飄零可慮！撫今追昔，能勿悽然！

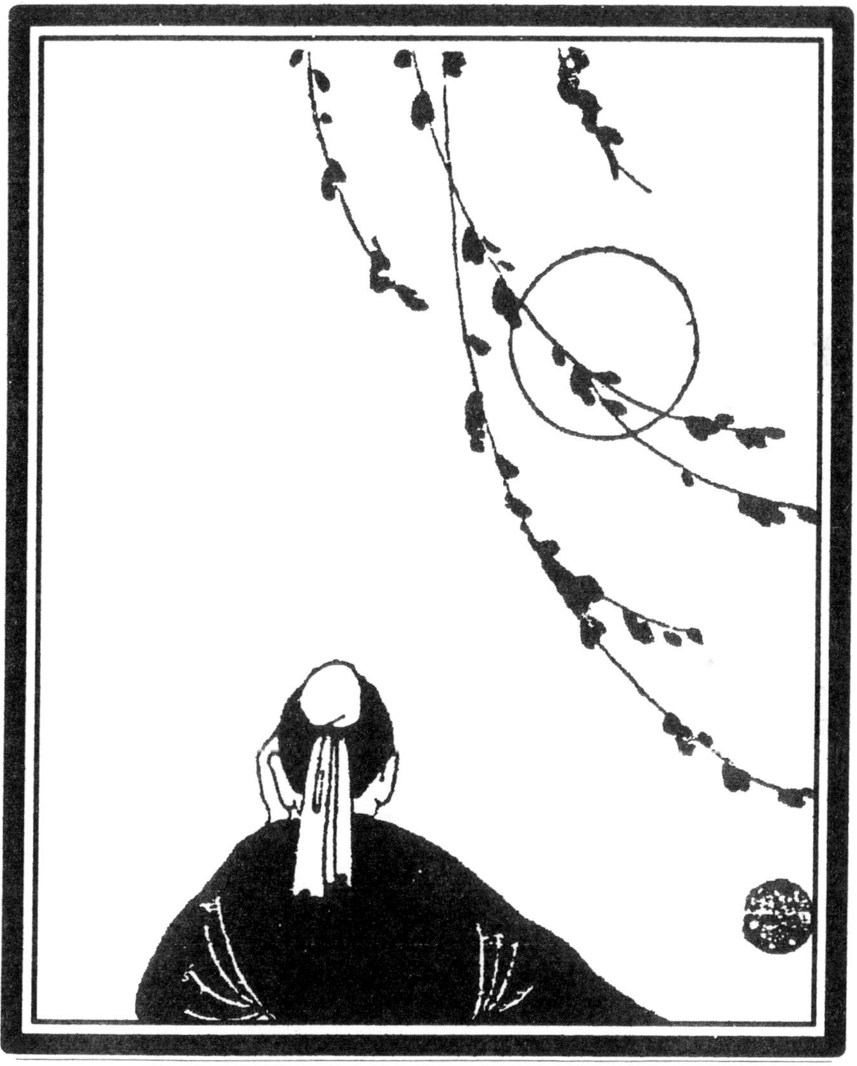

客途秋恨

曲詞 二

小生嫪姓蓮仙字，爲憶多情妓女麥氏秋娟。

這書生是姓繆名良，字蓮仙，江東人，遊幕穗城，充總督府老夫子，性灑脫，有大志，是一位風流才子，下筆千萬言，（嚶求集尺牘，就是他的作品之一），他雖然是幕僚，因他才氣縱橫，品格清高，甚得總督的敬重。他此次應聘到嶺南來，志不在小，因他胸懷著「反清復國」的壯志。到處結交英雄豪傑，以圖乘時大舉。所以藉遊幕浪跡南北，各地都有他的同志，交遊既廣，自然良莠不齊，借地談心，每到秦樓楚館。有一天，在公餘之暇，忽來了幾位朋友，其中一位姓馮名仁僧，十足是清客一類的人物，（粵諺：就是磅友）搶先說道：「今天是中秋佳節，珠江風月，佳趣良多，河南地方，有位葉家闊少爺名一帆者，素仰蓮仙兄才名，久欲識荊，特地留定珠江有名的留仙畫舫（是妓艇）讌客，託小弟恭請台駕，望勿見卻。」蓮仙亦素聞河南有「潘、盧、伍、葉」四大富之名，與葉結識，將來或有用處，遂應邀而往，與葉寒喧後，馮仁僧即介紹青樓名花麥秋娟為蓮仙侑酒，乃代書花箋，命龜奴往招。

見佢聲色性情人讚羨，更兼才貌兩相全。

良久，秋娟還未來，葉一帆為討好嘉賓繆才子，於是擺其闊少爺架子，拍桌子責元緒公（龜公）曰：「今天大爺請客，繆老爺賞光，才到你們『留仙』艇中，這騷貨許久還不來，真是不識抬舉了。」元緒謝過，命人再催，蓮仙止之曰：「千金買笑，聊以遣興，何必生氣，青樓中，多是庸脂俗粉，不來也罷。」馮仁僧急辯曰：「別的花姑娘，可以說是庸脂俗粉，我介紹這株奇葩給您，簡直是蕙質蘭心的火坑蓮，如不信，可以問葉少爺！」說時，聳肩作諂笑，葉向馮奏趣調侃之曰：「看你這個可憎樣，不如將姓名改作『逢人憎』，那真是『名不虛傳』了。」引得座客們哄堂大笑。正在笑聲中，龜奴報曰：「秋娟姑娘來了。」蓮仙遊目外望，見珠簾搴處，眼前一亮，果然見美人扶侍兒姍姍而來，盈盈施禮，杏眼桃腮，蛾眉鳳目，穠纖合度，修短適中，鶯聲告罪來遲，秋波一轉含羞，的是尤物，洵非凡品。

曲詞 四

今日天隔一方難見面，是以孤舟岑寂晚景涼天。

馮仁僧指蓮仙而告秋娟曰：「娟姑，這一位江東名士繆才子，才高八斗，學富五車，倜儻風流，不知顛倒幾許朱門淑女，翠閣名媛，今天賞葉少爺的光，玉趾降臨，給你們留仙畫舫增輝，我特地介紹娟姑為繆才子主觴政，可稱珠聯璧合，嘉耦天成，應由娟姑先吹玉簫，繼彈琵琶，以娛佳客，兼謝冰人，何如？」秋娟聞馮言，妙目偷窺，覺繆英俊瀟灑，在群客中，如雞群之鶴，芳心默許。於是命侍兒取洞蕭琵琶來，以纖指按蕭，吹出「雁落平沙」古調，再撥琵琶，彈出「昭君出塞」名曲，悠揚鏗鏘，各擅勝場，餘音繞梁，令座客為之迴腸盪氣，蓮仙更擊節欣賞，連盡數觴，不覺酩酊。葉一帆恐繆酒後回衙，易受涼侵，乃吩咐秋娟與侍兒扶繆返香巢，善視之。秋娟既愛才郎，復懾葉勢，只好破例首夜留髡，殷勤照料。從此郎情妾意，似漆如膠，女貌男才，疑仙異俗。

今也，天各一方，猶堪回味，泛舟江上，倍切離思。

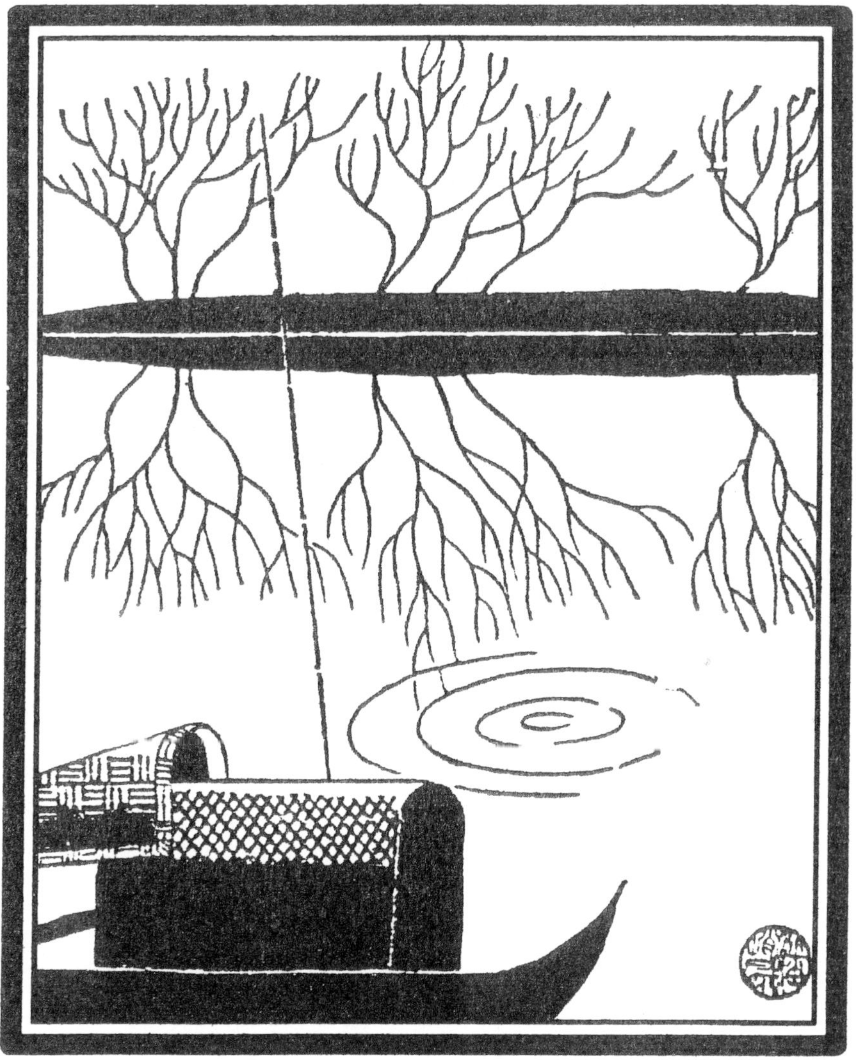

曲詞 五

夕陽戀住個對雙飛燕，斜倚在蓬窗，思悄然！

蓮仙由對月懷人，而泛舟江上，深夜無眠，晨曦始睡，一枕遊仙，夢會佳人，醒時已夕陽斜照，燕子繞舟雙飛，又觸起他的往事，物猶如此，人何以堪！回憶與秋娟由初識而熱戀，由熱戀而別離，一幕又一幕，不斷上心頭，縈諸腦際，思潮起伏，斜倚在蓬窗，悄然追溯前塵，猶彷彿洞簫琵琶，聲韻盈耳，乃以詞紀事，先填〈卜算子〉一闋，以「秋思」為題。詞曰：

天澹水雲平，風娲花枝動，羅幕涼生翠袖輕，柳外飛煙共。

獨坐思悠揚，簫管慵拈弄，帳冷西窗一夜香，寂寞添幽夢。

詞成，低唱迴誦，呆望雙燕，恰似牠故意驕傲地向自己嘲諷：「枉你腹蘊珠璣，自命不凡，而不能庇護一薄命紅顏；今日勞燕分飛，猶書空咄咄，自作多情，怎似咱倆雙宿雙飛，自由自在呢？」他正在出神幻想的時候，忽聽得風吹簌簌之聲，令他憬然四望。

曲詞 六

耳畔聽得秋聲桐葉落，又見平橋衰柳，鎖寒煙，我情緒悲秋同宋玉，況且客途抱恨，你話對乜誰言？

原來是：「秋桐葉落，衰柳含煙，耳畔秋聲，益添愁緒！」怪不得楚大夫宋玉，因懷其師屈原忠而放逐，故作〈九辯〉，以述其志云：「悲哉秋之為氣也，蕭瑟兮草木搖落而變衰，憭慄兮若在遠行，登山臨水兮送將歸，……」又云：「悲憂窮慼兮獨處廓，有美一人兮心不懌，去鄉離家兮徠遠客，超逍遙兮今焉薄？……」悲秋情感，今古相同，滿目蒼涼，誰能遣此？伊水秋水，漫溯蒹葭，明月窺人，焉知何向？不過娟娟此姝，一往深情，旦旦誓詞，三生不改，雖為商女，亦愛邦家，說到興亡，潸然淚下，琵琶一曲，寫盡幽怨，如此襟懷，云胡不念！客途抱恨，試問語誰？惟把衷情，寄於詞曲，乃填〈浪淘沙〉一闋，詞曰：「『麥』秀惜春華，『秋』水蒹葭，『娟』娟明月向誰家，多少王孫金屋待，爭植名花。粉頰燦朝霞，一曲琵琶，新詞譜入浪淘沙，商女也知亡國恨，淚滴綾紗。」因為念念不忘著「麥秋娟」，故將其姓名嵌入這詞之首二三句第一字，以寄其思之深也，洵屬多情才子不凡之筆。

曲詞 七

正係舊約難如潮有汛，新愁深似海無邊。

現在看見潮汐的朝夕漲落，漁舟的早去暮回，很像依約守信一樣，毫不愆期；就剛纔迴環飛翔的燕子，亦能自由自得，雙宿雙飛。而自己則案牘勞形，客途滯跡，徒負佳人之約，未酬報國之志，舊恨難消，新愁頓觸，乃哦杜甫〈秋興〉之詩：「信宿漁人還泛泛，清秋燕子故飛飛」，覺得自己，雖然七尺昂藏，滿腹珠璣，但有志未伸，離情莫慰，形格勢禁，不克自由，連那「漁人、燕子」都比不上了！回想秋娟待自己，情深似海，矢志不渝，許以終身，佇待郎歸。豈料一別至今，便遭兵禍，關山阻隔，魚雁不通，秋水望穿，難見郎面，莫慰離緒，徒誤玉人，為娟娘計，不如早嫁別人，免誤終身，勝過「兩地相思，歸期莫卜」多矣。遂又喃喃而誦唐詩人李益的〈江南曲〉：「早知潮有信，嫁與弄潮兒」之句，以自譴責，而代秋娟鳴不平。這位繆才子確是情種，因為亂事所阻，不能守約以會秋娟，自恨辜負了佳人美意，又不知她在廣州是否安全，心中焦急，憂思如煎。凝神呆望著茫茫白浪，滾滾洪流，恰似情海波濤，掀起萬斛愁緒，如聞江流嗚咽，訴說千般離情。

客途秋恨

曲詞 八

第一係觸景更添情懊惱，虧我懷人愁對月華圓。

感觸愈多，心情愈苦，蒼涼景物，倍覺難堪，別恨新愁，都添懊惱！怪不得江淹別賦末段有云：「下有芍藥之詩，佳人之歌，桑中衛女，上宮陳娥，春草碧色，春水淥波，送君南浦，傷如之何！至乃秋露如珠，秋月如珪，明月白露，光陰往來，與子之別，思心徘徊；是以別方不定，別理千名，有別必怨，有怨必盈；使人意奪神駭，心折骨驚，雖淵雲之墨妙，嚴樂之筆精，金閨之諸彥，蘭臺之群英，賦有凌雲之稱，辯有雕龍之聲，誰能摹暫離之狀，寫永訣之情者乎？」江郎賦別，才筆縱橫，描寫入微，古今一轍，蓮仙才氣境遇，恰如江言，回憶秋娟「南浦送君，傷心依戀」之情，及今「對月懷人，離愁永訣」之恨，為之思潮沸湧，莫遣煩憂，更念國仇，有志未達，百感交集，望月出神，覺得月既圓而復缺，人與恨而相連，微霜霑人衣，佳期難相續！正如謝莊〈月賦〉之歌曰：「美人邁兮音塵闕，隔千里兮共明月，臨風歎兮將焉歇？川路長兮不可越。歌響未終，餘景就畢，滿堂變容，迴遑如失！」蓮仙對月惆悵，重憶前塵。

曲詞　九

嬌呀，記得青樓邂逅中秋夜，共你並肩攜手拜嬋娟。

猶憶中秋佳，邂后青樓，同返香巢，兩情繾綣，遇此風塵知己，如紅玉之當年；相期永結同心，訂白頭於是夜。於是並肩攜手，共祝嫦娥；矢志言衷，求証於月老。願從茲鶼鶼鰈鰈，花開並頭；將長作婦婦夫夫，枝成連理，鴛鴦比翼，魚水相歡，大好姻緣，神仙眷屬，佳人才子，璧合珠連，共苦同甘，不渝此誓。誓畢，回香閨，面對長擎，燈花報喜，蓮仙猶口唸〈燈花詞〉：「斜點銀缸，高擎蓮炬，夜深不耐微風，重重簾幙捲堂中，香漸遠，長煙裊樣，光不定，寒影搖紅，偏奇處，當庭月暗，吐燄如虹，紅裳呈豔，麗娥一見，無奈狂蹤，試煩她纖手，捲上紗籠，開正好，銀燈照夜，堆不盡，金粟凝空，叮嚀語，頻將好事，來報主人公。」蓮仙念完〈燈花詞〉，（此為宋代趙長卿調寄〈瀟湘夜雨〉之〈燈花詞〉）秋娟愀然不樂曰：「詞中有『當庭月暗』句，恐非吉兆。」蓮仙多方解慰。

曲詞 十

我亦記不盡許多情與義，眞係纏綿相愛復相憐！

蓮仙見秋娟眉鎖春山，眼含秋水，愀然不樂。急向她溫語解慰曰：「趙長卿這首詞兒，寫『燈花』恰到好處，『當庭月暗』才顯出『燈花』之『吐燄如虹』，但結局，有『頻將好事，來報主人公』。這正是吉祥語，我唸這詞兒，就是祝我倆成好事，妳還用擔什麼心事呢？」

秋娟聽箇郎詳加解釋詞義，溫柔體貼，才回憂作喜，一笑投懷，撒嬌作抱怨狀，鼓起桃腮，宜嗔宜喜，俏語曰：「我要罰你再說些開心話，你是風流才子，為什麼不自己題一首〈定情詞〉，來紀念我們的韻事呢？」

蓮仙為博其歡心，連聲道：「好，好！你快些磨墨，紅袖添香，才夠寫得出好的詞句。」

秋娟於是轉入香閨，取出文具，走幾個春風俏步，送到跟前，帶笑磨墨，捧硯侍側，見蓮仙筆走龍蛇，寫就詞兒，攜手到花陰下，相偎相倚，細聲低唱，向住秋娟鬢邊耳旁，唸與她聽。

共你肝膽情投將有兩月，點想同群催趲要整歸鞭。

〈定情詞〉（調寄臨江仙）「幽閨欲曙聞鶯囀，紗窗日影微明，好風頻謝落花聲，隔幃紅燭，猶照綺屏箏。繡被錦茵溫玉暖，薰香斜裊煙輕，淡蛾羞斂不勝情，暗思馨夢，何處逐雲行。」

蓮仙還將詞意的「纏綿綺麗」處，逐句解釋給她聽，只見她若顰若笑，意會著昨宵定情時的旖旎風光，似羞還喜，欲吐還茹，聽完之後，說道：「相公真不愧才子風流，想出許多襯托的名詞：『鶯兒，落花聲，紅燭，玉暖，薰香，馨夢，行雲』等句子，把那見不得人的事情，形容的樂而不淫，使人愛煞想煞，足以回味，心兒還癢著哩！」旋而自覺這話露出蕩意，忽又面泛紅霞，低頭含羞弄帶，半晌不語。蓮仙陶醉於春色盎然的環境裡，如劉郎之入天台，如唐皇之登月宮，醇酒美人，軟玉溫香，此時假使有人問他貴姓？恐怕他自己連姓乜也記不起了。才子美人，情話綿綿，披肝瀝膽，囓臂盟心，如是者，兩月於茲矣。正所謂快樂光陰容易過，豈知同志們來一密報，又要他歸鞭揮動了。

客途秋恨

幾回眷戀難分捨，都只爲緣慳兩字要拆離鸞。

蓮仙自得密報，摒擋行裝，向秋娟告別。秋娟驚問何故？蓮仙曰：「既成愛侶，相見以誠，應以實告，余本志在復國，藉遊幕以結納英雄志士，現長江珠江兩大流域，均有我門同志潛伏，伺機大舉，頃聞長江方面，已有準備，須余親往策劃，以響應兩湖義軍，而此地亦有人發現余之秘密，意圖陷害，余不得不立刻動身，為國奮鬥，並避小人先發制我，娟姑珍重！」言畢，為之黯然神傷。

秋娟曰：「才獲知音，得承鼎諾，正喜終身有託，何忍遽賦別離，捨儂而去？但郎既為國奔馳，本不敢以兒女私情，耽誤國家大事，究竟此地之小人為誰？請明以告我！郎縱決意遠行，儂不應勸阻，惟兩月纏綿，情深似海，尚望勾留些時，從長計議，何必如此倥傯？儂雖女流，亦知愛國，既以身相許。……」言時，聲淚俱下，如帶雨朵花，令蓮仙心良不忍！乃留粧閣，向她勸說，幾回眷戀，細訴衷情。

個陣淚灑西風紅豆樹。

蓮仙向秋娟細說苦衷，曰：「卿之摯情誠悃，我豈不知，無奈兩袖清風，何能量珠十斛，為卿脫籍呢？希望到長江後，一有辦法，必盡力而為！至於說到誰為小人，那就是馮仁僧，當初想由他拉葉一帆參加復國運動，出資接濟同志們，冀有所作為；不料葉是紈袴式的富家子，既無大志，又患得患失，對我尊敬，不過是好名而已；但自見我與卿情如膠漆，葉近來對卿，有垂涎問鼎之心，意欲奪美，故欲藉洩我秘密，以作挾制，此毒計是馮仁僧設策，被同志中有力者偵知其隱，加以警告制止，暫可無事，若我再留此地，防不勝防；且長江方面，正待我前去籌劃大事，故難久留，我又何嘗忍心捨卿而去呢？此時已心如刀割，望卿原諒！」

秋娟聽罷，知難挽留。亦不獲隨郎而去，心中悲苦，又不欲在郎將近動程前落淚，免招不吉之兆，乃走到園中紅豆樹前，掩心仰首，望天暗禱，禱畢，俯首見相思紅豆，又想起離情之苦，不禁淚灑秋風，紛滴紅豆，傷心極矣！

客途秋恨

曲詞　十四

秋娟正在偷彈珠淚於紅豆樹旁，同時又想到郎此行漫漫長路，揚鞭古道，寂寞榆天，箇中情緒，益感難堪！僕僕關山，瀟瀟風雨，時在十月下旬，北方漸寒，行裝宜備，自己又因形格勢禁，不克追陪左右，問寒噓暖，進食調羹，有誰照料？而且郎是文人，不慣行旅之苦，想到此處，愈感憂心如搗，欲隨郎私逃，又恐郎愛令譽，必不允許。

於是心如轆轤，情如煎沸，心口相商，乃無兩全之法。迨聞蓮仙步履聲，急拭淚，笑面迎上，謂：「剛才想起相公之行裝，應即預備，及派人向望江樓定座，為郎動身前餞行，稍事命人張羅，不免耽擱片時，令您枯坐，相公不會怪我失禮嗎？」

蓮仙笑慰之曰：「我不但不怪，且感到卿心細如髮，體貼入微，直是冰雪聰明，淑順溫柔，無美不備，鯫生何幸，獲此仙眷，請卿不要過份傷神就好了。」

情牽古道白榆天。

曲詞 十五

嬌呀，你杯酒臨歧同我餞別在個處望江樓上設離筵。

秋娟為蓮仙備辦行裝，於送別之日，在望江樓設筵為之餞行，但不敢讓蓮仙之友人知，恐遭馮仁僧葉一帆輩毒手，只秘密從事，連侍兒亦不帶往，一切托蓮仙之心腹同志佈置妥當，即乘輿而至樓前，舟已泊在江邊，引帆待發。蓮仙依時赴約，在東樓臨江廳上，陳設豐盛酒筵，秋娟親為蓮仙敬酒，祝其水陸安康，鵬程萬里，為國珍重，為情堅守，還欲說下去，已喉間哽咽，語不成聲。蓮仙接杯，一飲而盡，慰之曰：「海可枯，石可爛，吾人之情不可渝，請卿寬懷，為我歌一曲！」秋娟乃低唱〈生查子〉一詞，曰：「郎如陌上塵，妾似堤邊絮，相見兩悠揚，蹤跡無尋處；酒面撲春風，淚眼零秋雨，過了別離時，還解相思否？」秋娟歌畢，乃出素巾，請蓮仙題字，蓮仙心中悲苦，倥傯中無暇思索，逐將漢武帝之〈秋風辭〉寫在巾上，辭曰：

秋風起兮白雲飛，草木黃落兮雁南歸，蘭有秀兮菊有芳，懷佳人兮不能忘，汎樓船兮濟汾河，橫中流兮揚素波，簫鼓鳴兮發櫂歌，懽樂極兮哀情多，少壯幾時兮老奈何！

你重牽衣致囑個段衷情話，叫我要存終始兩心堅。

蓮仙題辭畢，同志們來報，趁潮漲，就要啟程，不宜耽擱，蓮仙起而與秋娟道別，不禁熱淚奪眶而出，魂消紅粉，淚濕青衫，勉強說出「卿且珍重」四字，已悲梗喉際，不能再往下說，掩面欲行。秋娟牽衣垂涕而言曰：「妾身已屬相公，此心堅同鐵石，命可不惜，情則不變；相公珍重前途，努力加餐，寒暖當心，以國家為重，不要因兒女情長，而頓使英雄氣短；抵達江南，望即來鴻，以慰切念！倘得魚雁常通，不令望窮秋水，雖身離千里，情實一貫，至誠所格，金石為開，彼蒼或許我倆有人月兩圓之日，自相公啟程後，妾必朝夕頂禮，以祝平安！想相公才如大海，志可凌雲，挾策翱翔，鵬飛可卜，必不辜負妾之厚望也。」

蓮仙對此解語花，聆其連珠詞，句句打入心中，真是深明大義，善解人意，萬種纏綿，千般婉轉，柔情俠骨，繡口錦心，教諸名門閨秀，亦不遑多讓，乃懇切答之曰：「余安抵江南，必揮函報卿。所囑金石之言，肺腑之語，定當銘心鏤骨，永矢不渝，望卿寬懷，毋損玉體！」還要說下去，同志們已催促登舟，揚帆而去，遙望堤邊，倩影仍在，可知芳心已隨郎舟去矣。

曲詞　十七

今日言猶在耳誠虛負，屈指如今又隔一年！

蓮仙自別秋娟，寄跡江南，一面為同志劃策，與各路義師聯絡，相機待舉；一面藉遊幕江寧藩司衙門，掩蔽行藏。而日居月諸，裘葛更換，屈指已一年矣，但始終未接得秋娟來信，自己屢次去函，總不見覆。四處打聽，皆云廣州已陷于烽煙遍地，交通久斷，無法通訊，難怪魚沉雁杳，魂夢徒勞！

惟每一回憶秋娟之臨別贈言，殷殷致囑，決無別抱琵琶之理，自己反因歸期阻梗，莫慰佳人，翹首雲天，益增慚恧！值此亂世，小人道長，強者橫行，秋娟以弱質娉婷，易受人欺，而心屬於己，決不遷就他人，萬一觸怒狂徒，難免香消玉殞，思至此，益覺迴腸九轉，如萬箭刺心！今日言猶在耳，人境全非，秋娟之所期望於己者，如此之殷厚！自己立誓安慰秋娟者，竟終成虛負！進於國家無毫髮之補，退於情場為負義之人，與言及此，能不痛心！所以獨自徘徊，惘然佇立，白雲在空，黃葉辭枝，蕭瑟秋意，使這位多情繆才子，真感到百無聊賴了。

客途秋恨

曲詞 十八

古話好事多磨從古道，半由人力半由天。

蓮仙感觸前情，撫今追昔，我不負卿、卿不負我，自以為二人同心，力可回天，孰知對國則事無進展，對情則心有難安！豈真好事多磨，英才天忌，紅顏薄命，白首難諧？念天地之悠悠，感塵寰之擾擾，亂離多恨，歡合何期？仰首蒼穹、焚香默禱，冀佳人之無恙，會愛侶之有時，恨海能填，情天可補。

但光陰易逝，倏已經年，雁札不來，吉凶未卜，人力莫盡，天意何憑？所謂人力勝天，幾難自信！雖精誠感格，金石為開；而天各一方，勞燕兩地。隔江相望，鄰境等於天涯；入夢常縈，情關類乎鬼關。「生無可戀甘為鬼，死倘能燃頭作灰」，真堪為我輩詠矣！

在無可如何之際，難免作非非之想，天生情種，偏使多磨，臆蘊愁恨，奚能免恨！苟前緣之可續，足慰相思；惟後果之難知，無從預測。只有竭吾誠懇，上格天心，更祈祐彼釵裙，不遭毒手。

客途秋恨

曲詞　十九

是以風塵閱歷崎嶇苦，雞群混跡暫且從權。

可恨環境困人，未克如願，江湖浪跡，僕僕風塵，欲為她脫籍而莫能，更不料一別而後，遍地荊榛，寸步難移，欲探她消息而未得。茫茫宇宙，更從何處覓知音呢！今也，在江南遊幕，廁身雞群，暫且從權，以圖掩蔽，雖居客卿之席，究嫌滿肩之銜，所以不願居住衙中，遷於江濱友人園內，紅樓一角，足供居停，除辦理日常應辦公牘外，即離衙回寓，吟嘯江樓，一吸清新之氣，藉排胸中之鬱。惟靜中無侶，思緒紛來，南望雲山，神馳珠海，每對江流，腦際即湧現秋娟在珠江送別之情景，倩影佇立，目送飛帆，手搖素巾，聲聲珍重，耳旁彷彿鶯轉新簧，堅囑重會，毋衍歸期，留身以待。又如聞簫聲琵琶，抑揚奏弄。佇久出神，幻覺紛集，如醉如痴，意亂神飄。迨涼風襲袂，冷氣入心，陡發寒噤，斂神四望，始悟斯屬長江，並非珠海，啞然失笑，自覺太痴！無怪佛說：「貪嗔痴愛，都是魔纏」，豈自己真已著魔嗎？

客途秋恨

曲詞 二十

恨我請纓未遂終軍志。

我本來是志圖報國，心雄萬丈，豈可因兒女情長，竟使英雄氣短！自信經綸滿腹，不遇其時，壯志未酬，如漢代終子雲（終軍，字子雲）「欲請長纓以繫南越王」之故事，擒縛滿酋，告祭漢室列祖列宗之靈，以還我河山，重光禹甸。所以奔馳南北，遍奕豪俊，不畏艱辛，屢經險阨。

但分頭策動，未竟全功，各地義師，尚須聯絡，餉械兩絀，籌措殊難，貧者無力捐輸，富人患得患失，同志既眾，良莠難分，才力不齊，進展自緩。兩粵雖陷，三湘未平，長江義師，未能唧接，一部中途頓阻，一部趑趄不前，大勢如斯，益增苦悶！

引古比今，本人身世，恐亦如終軍之賚恨以歿，（終軍死時，僅廿餘歲）既不足以復國，又不足以救人，虛生此大好身手，有價頭顱，而頸血不克濺秦王，餘力不獲庇越女，為藺相如范大夫所竊笑，與終子雲同一類型，為可恨耳！

曲詞 二一

就係駟馬難揚祖逖鞭！

自思方當壯年，懷才未遇，早有漢司馬題橋之志，「若不乘高車駟馬，誓不過此橋。」雖則文章有價，而知音其誰？

又不能揚祖士雅（逖）之先鞭，作渡江楫之誓：「不清中原而復濟者，有如此江！」古人盛事，湧上心頭，對此江流，能無慚恧！

值醜虜宰制之日，正吾人枕戈之秋，忍令上國衣冠，淪於夷狄！相率中原豪傑，還我山河！遍地啼痕，問誰拯弱，澄清妖孽？

晉劉琨有云：「吾枕戈待旦，常恐祖生先我著鞭」。古人報國爭先，救亡恐後，典型俱在，前事不忘，吾人應知所效法！

宋石湖居士范成大雖有「有意數從文字飲，何須爭著祖生鞭」之詩，然屬於名士自逸之詞，非愛國者所宜出此！獨惜羽毛未豊，孤掌難鳴；屠狗英雄，非真仗義，從龍俗士，難賦同仇；或有勇而無謀，或自私而憤事；同志雖眾，真才難得，回天無力，為可歎也！

只學得龜年歌調唐宮譜，遊戲文章賤賣錢。

經過年來南北奔波，四處聯絡，四處策動，仍未達到理想，所以進展殊難。近更以案牘勞形，依人籬下，有志未伸，淪落江南，恰似當年唐明皇之樂工李龜年一樣，方得唐玄宗寵遇時，在東都通遠里大起第宅，後來流落江南，以賣歌度日，每遇良辰勝景，為人歌其數闋，以博蠅頭之利，無復當年豪華氣派，座客聞之，亦莫不掩面而泣。所以杜甫之〈江南逢李龜年〉七絕詩。有「岐王宅裡尋常見，崔九堂前幾度聞，正是江南好風景，落花時節又逢君」之詠，是傷其淪落也。

我而今在江寧藩司遊幕，以筆墨供人驅策，博些薪金，等於遊戲文章，賤價賣錢，把滿腹經綸，置而不用，英雄無用武之地，丈夫有淪落之悲，午夜捫心，幾回拭淚，言念及此，能不心傷！與李龜年之藉歌以苟全其生，有何異焉？李尚得杜甫之同情，詠之以詩，而我僅有一知音之秋娟，亦無由覿面，更音訊杳然，誠可嘆也！

曲詞 二三

實只望裴航玉杵正得諧心願，藍橋踐約自去訪神仙。

唯一的風塵知己，堪稱知音者，就是秋娟，所以我亦以至誠和摯情對她，願與諧老，嚙臂盟心，希望努力前進，克服環境，能夠有力護花。無慚惜玉！

倘得機緣，如唐代裴航，雖以下第，猶遇雲翹夫人，介紹其妹雲英，以詩作媒，猶記其詩云：「一飲瓊漿百感生，玄霜搗盡見雲英，藍橋便是神仙窟，何必崎嶇上玉京？」航依其詩，親赴藍橋驛，求漿於老嫗，嫗呼雲英持漿，令航飲之，真玉液也，航睹雲英，豔麗若夫人，願納禮娶之。嫗曰：「昨有神仙，與雲藥一刀圭，但須玉杵臼搗之，得此當娶之也。」航求獲玉杵臼，為搗藥百日，乃得娶雲英，而成神仙眷屬。

這段故事，出於《太平廣記》，但世上相傳已久，不管其事之有無，我總願與秋娟諧連理，豈不是我成為今日之裴航，而秋娟亦可作現代雲英嗎？

事在人為，自古道：「有志竟成」，我雖未達報國之志，難道雙方同意的好事，亦會因多磨而生變嗎？

曲詞 二四

個陣廣寒宮殿無關鎖，何愁好月不團圓。

我而且與秋娟經已定情，纏綿兩月，如膠似漆，真是「只羨鴛鴦不羨仙，」正如「廣寒宮殿無關鎖」，自己已成入幕之賓，且有催護重來之約。

恰如唐明皇與楊玉環七夕誓詞「在天願作比翼鳥，在地願為連理枝。」生生世世，永為夫婦。

這種神仙眷屬，我與秋娟，實足以與古人比美！

又如唐玄宗之遊月宮，身入廣寒，面對嫦娥，聽雲裳羽衣之曲。我倆亦嘗併肩攜手，共禱於嬋娟。心如金石之堅，節擬松筠之操，豈非情中之聖耶！

如斯痴情，已綰同心之結；毋煩月老，再牽繫足之繩。天不妒於紅顏，人不搖乎素志；終必花能長好，何愁月不團圓！猶記得秋娟為我唱〈憑欄曲〉云：

休教宮髻學蠻粧，原是巫山窈窕娘，行雲夢高唐，隨郎還故鄉；

休教眉黛掃蠻煙，同上高樓望遠天，天涯新月懸，故鄉何處邊？

我聽她曲詞宛轉，情緒深長，互有信心，本無足慮。

點想滄溟鼎沸鯨鯢變，個的妖氛漫海動烽煙！

豈知滄海泛波，南溟鼎沸，正如庾信〈哀江南賦〉所云：「彼奸逆之熾盛，久遊魂而放命，大則有鯨有鯢，小則為梟為獍，負其牛羊之力，凶其水草之性，非玉燭之能調，豈璿璣之可正。」變生叵測，殃及池魚。

勢已燎原，驚烽煙之遍地？氛佈漫海，動妖氣以凌天。佯假義旅之名，實肆強徒之毒，搜羅至於閨闥，凌辱及於婦人，生不逢辰，天胡此醉？恐難瞑目，鬼亦堪哀！珠海滔滔、雲山擾擾，可憐赤子，孰救蒼生？

秋娟麗質天生，伶仃孤弱，花逢暴雨，誰作金鈴？月被雲遮，難窺皓魄！未接竹報，焉知平安？自賞梅花，更難諧俗！際茲離亂，護花其誰？所以聞鶴唳而驚心！聽胡笳而淚下！而況客途留滯，問津無從，翹首南天，徒勞魂夢，恨無彩鳳雙飛翼，枉有靈犀一點通！卿在珠江，我留建業，懷人對月，傷如之何！

曲詞　二六

是以關山咫尺成千里，縱有雁札魚書總杳然。

我今隔江懷想，關山在望，咫尺天涯，雁杳魚沉，消息斷絕，疑雲疑雨，莫知真相，屢去書函，如石投海。

芳訊不來，迴腸九轉；情懷難遣，愁緒紛乘。念美人兮一方！對明月兮千里。西風起處，梧桐之葉辭枝；南國音沉，楊柳之詞絕響。徒縈綺夢，幾疑畫裡之真真；每憶贈言，屢示衷心之皎皎。海上証三生之石，天涯守千秋之盟；我無負卿之心，卿有待郎之約。

兩情不變，一刻難望，長日迢迢，終宵耿耿，祝愛卿之無恙！冀人月之同圓！魚水相依，鸞鳳永結，息兩地相思之恨！慰一年離別之情，方愜余懷，不負卿望。

祇恨關山難處，問訊無由，書劍飄零，搔首自惜！愧昂藏之七尺，有志未伸，觸離緒之千般，無言可說。

今日又聽得羽書馳牒報，都話干戈擾亂擾江村。

近聞制台接得軍報，關於兩粵消息，必有所知，好在總督幕府的師爺們，都有交情，與藩司衙門素有來往，不如往制台衙門（即總督衙門）訪友，從中探聽廣州近訊。

乃立即前往訪兩江總督衙門的老夫子俞允文，因俞與蓮仙是同學，此次遊幕江寧，亦是俞介紹於布政使（即藩台）聘他，向俞打聽，必以實告，果然俞允文取出軍情牒報文書，交蓮仙披閱。

牒文內開：「廣東土匪，響應髮逆，志圖劫掠，雖屬烏合之眾，但裹挾莠民，人多勢大，已陷廣州，並四出竄擾各屬，匪到之處，鄉村城鎮，無一倖免，姦淫掠殺，塗毒生靈，匪徒以紅布纏頭，粵人稱之為紅頭賊。現兩廣總督及廣東巡撫，在肇慶督師，俟鄰近援軍調集，即行反攻」云云。蓮仙閱畢，額汗涔涔，心中替秋娟著急。俞怪而問之：「時值深秋，涼風習習，子何為而熱汗直流耶？」蓮仙飾詞曰：「有至戚在穗垣，恐遭賊害，故不覺焦急耳！」免俞再問，即告辭回寓。

客途秋恨

曲詞　二八

個的崑山玉石也會遭焚燬！

蓮仙回到江濱樓上，心如刀刺，又似烘爐上的螞蟻，徬徨焦躁，不遑寧處，寢饋俱廢，無日舒懷。

因他聞悉穗垣陷後，各縣亦為匪擾，試想秋娟嬌嬈荏弱，舉目無親，而性又孤潔，矢志不渝。匪陷廣州，圖掠財色，鄰近鄉村，又被擾及，她何能脫離險阨，覓地躲藏呢？縱有願作護花之人，求其同居之愛，秋娟亦未必肯獻身屈從，搖曳殘聲。

而且平時豔名四播，匪人涎其色而驚其豔者，大不乏人。當此秩序大亂之時，正強徒橫行之日，人無分男女，家不論貧富，匪蹤所到，勢難倖免。池魚亦受其殃。玉石也會俱焚，而娟娟此姝，獨能邀天之眷，而可免乎哉？思至此，為之肝腸寸斷，輾轉不能入眠，乃倚枕望月，撰一〈捲簾雁兒落〉之曲，以遣愁思。曲曰：

歎離別，情萬千，眠孤枕，愁相伴，閑庭小院深，關河傳信遠，魚和雁天南，看明月，
中腸斷。

曲詞　二九

好似避秦男女入桃源。

但願天佑吉人，災難不擾，桃源尋得，足避暴秦，藉福地以護花，居洞天而免禍，紅顏無恙，白圭不玷。惟思浩劫滔天，哀鴻遍地，逃亡男女，何處棲身？附近村莊，亦難立足！遠行不得，近匿無從，為可憂耳！蓮仙為嬌心焦，神魂顛倒，倦極入夢，忽晤佳人，枕上纏綿，帳中細語，巫山神女，又會襄王，髮亂釵橫，脂褪粉落。起而修飾，重與畫眉，攜手看花，並肩賞月，說不盡千般恩愛，描不出萬種風情，喜上心頭，突然而醒。原來是南柯一夢，被涼風吹醒，已受寒侵，雨絲飄飄，燭影搖搖，愈覺淒涼，感冒成病。乃倚枕寫〈風入松〉一曲：

雨絲寒氣病襄王，枕上時光，風流自古多磨障，幾時得再對鸞凰？踐約重來崔護，看花前度劉郎。

千嬌百媚麥娟娘，惱亂柔腸，昨宵夢裡同鴛帳，醒來時依舊淒涼！歡會百年嫌短，離愁一夜偏長。

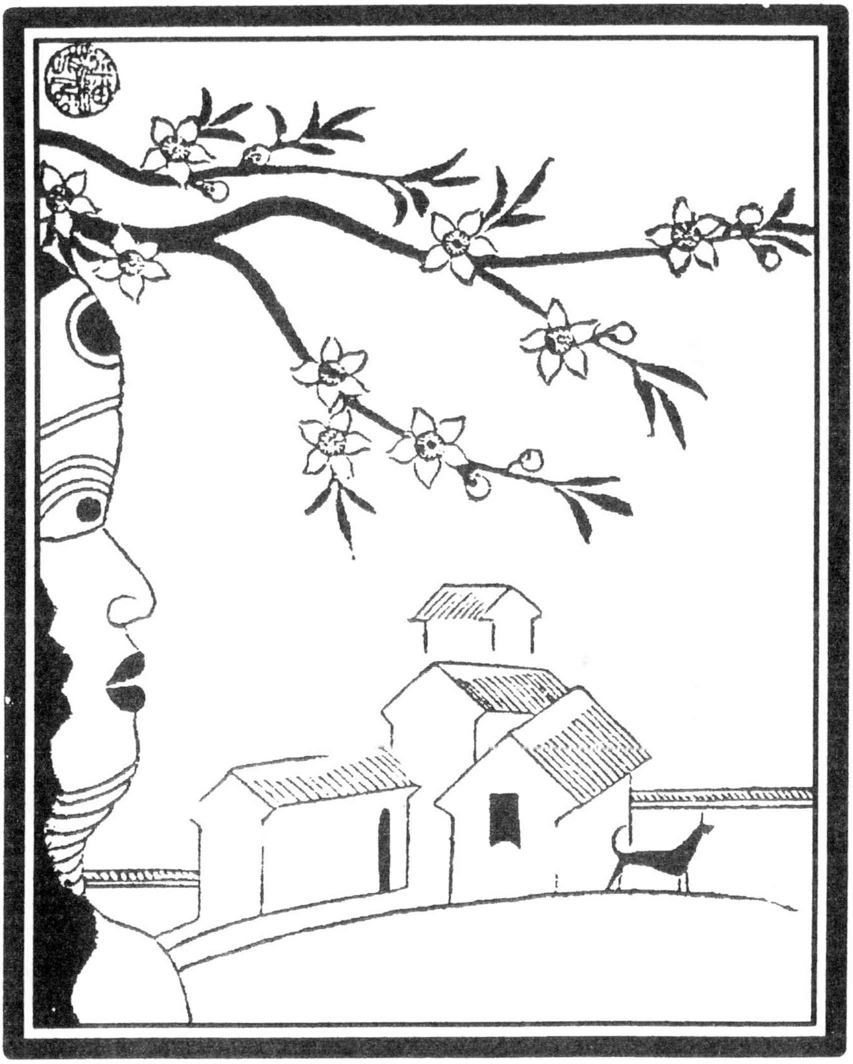

曲詞 三十

嬌呀，你紅顏薄命會遭天妒，重怕眾賊星來犯你個月中仙。

蓮仙病中無聊，題曲遣悶，輾轉思維，總覺得秋娟在珠江如無意外，何以夢中重會，莫不是魂兮歸來，向箇郎慰相思耶？抑因自己思之切，而形諸於夢寐呢？但當此干戈擾亂之際，秋娟以弱質無援之身，其何能逃脫強徒之魔手乎？

矧秋娟風塵中早負盛名，聲色才貌，為花叢之冠，這正如「象有齒以焚其身，花有香而惹浪蝶」，為可憂耳！而且「自古紅顏多薄命，才子每易遭天妒」，是古今同慨的事！如果秋娟能倖免災阨，那真是「如天之福」了。

但她和月中仙子一樣的美麗，被賊星侵犯，亦在意中。所謂賊星者，妖星也，淮南子原道云：「虹蜺不出，賊星不行。」虹蜺出而賊星可乘之而侵矣。月中仙子雖皎潔，猶難免妖星相犯，何況於人乎？

蓮仙以此喻之，可謂想入非非，無微不至，足見其對秋娟之關懷，愛之篤而慮之深矣。

曲詞　三二

嬌花若被狂風損，玉容無主你話倩乜誰憐！

蓮仙為秋娟焦思，越思越憂，越憂越懼，從理智判斷，懼秋娟難逃阨運！因秋娟個性特強，不甘屈服，若遭威迫，或受摧殘，必不瓦全，寧為玉碎，再三思維，云胡不懼！

在百無聊賴之時，當一燈燭對之夜，霏霏寒雨，益感淒涼，咄咄書空，煩憂叢集，支離病骨，瘦損腰圍，無限心酸，潸焉淚下！

恐落花之無主，終溷春泥！憐孤雁之失群，徒悲秋露！挑燈孤坐，又寫哀詞，創作曲名，為〈珠江淚〉，曲曰：

嬌枝若被狂風折？名花忽遭污泥沒，玉容無主倩誰憐？徒使檀郎哀欲絕！呼天不應地不聞，珠江流水聲嗚咽。

蓮仙寫罷曲詞，突覺心中奇痛，喉嚨作癢，吐出鮮血，頭暈目眩，天旋地轉，魂飄魄蕩，勢難支持，伏案喘息。

至天明，書僮進房，見狀大駭，即走報居停主人，延醫診治。

曲詞　三二

重怕你幽蘭不肯受污泥染，一定拼喪香魂玉化煙。

蓮仙經醫診治，漸見起色，惟心病實非藥石可奏功。其友俞允文聞其病情，知為秋娟而起，現在只有偽託南方友訊，口述秋娟無恙，以寬其心。

乃親至江樓探訪，見蓮仙病骨珊珊，咳聲頻頻，太息而言曰：「君絕頂聰明，自應以理智控制情感，何可因一妓女之故，自苦乃爾？且秋娟尚在人世，安知將來不花好月圓？」

現據友人來自廣州，口述各情，甚為詳確，他稱秋娟匿在依戚家中，佳人無恙，何必杞憂。蓮仙信其言，病乃痊癒，可以回衙辦公。

但欲查實秋娟究在何處，遂訪俞允文，窮詢來歷，以便通訊。允文至此始以真話告，云日前見君病重，所以偽託友述，以慰君相思之苦，實則雖未得確實消息，但君不能武斷她不在人間。

蓮仙既知其托詞相慰，雖屬善意，但秋娟孤芳自賞之個性，自己知之甚深，必不肯染於污泥，寧甘玉殞，亦不受玷。

曲詞 三三

若然你豔質遭凶暴，我願同埋白骨伴姐粧前！

蓮仙歸至江樓，又作癡想，如果她能逃出，一定會飛書江南，就是隱匿民居，亦可托人帶來口信，決不會許久毫無消息。正在糊思亂想之間，忽聞杜鵑啼聲，極其悲慘，愁人入耳，倍覺酸辛！

那杜鵑啼至力竭聲嘶，繼至流血，突然簷間墜地，猶見鳥目不瞑，帶有血絲，氣還若斷若續抽咽著。

蓮仙睹物思人，認為不祥，而且杜鵑之「鵑」，與秋娟之「娟」字同音，更令他幻想成真，不禁對著垂死之鳥狂哭。

心理上遂生出種種幻覺，很像秋娟已香消玉殞，在紅荳樹傍，披髮陳屍，待埋芳塚，自己在側弔祭一樣。他遂寫成誄詞，以誌哀悼。詞曰：

聽啼鵑，哭秋娟，只怕芳魂玉化煙，若然麗質遭強暴？願同埋骨伴粧前！

他寫完誄詞之後，感覺人生如夢，惟有愛情至死不變，才是偉大。

曲詞 三四

或者死後得成連理樹，好過生前常在奈何天！

縱然生不同衾，總冀死能共穴，即使雙棲地府，亦如枝結交柯；苟獲偕老天台，更似花開並蒂，或者魂歸天國，眷屬可稱神仙；或者魄滯泉台，姻緣成其鬼戀。無拘無束，有始有終，此情之聖者也。

與其生無可戀，長在奈何；不若死亦相依，永作痴情鬼！猶勝於塵寰逐逐，恨海茫茫，隨俗浮沉，依人俛仰。現處此鬼魅世界，瘋狂時代，人多無義，鬼或有情？望卿真靈不昧，待我於黃泉；盡我積悃表誠，同卿埋白骨。使幽靈有托，梧邱息入夢之魂；免烈魄無依，薤露歌送終之曲。

今也，卿之凶訊，雖未証實，而我之情愫，則先表誠，自願殉情，以示真愛，皇天后土，共鑒斯誠！生不能重履相會之約，死亦希能盡慰藉之衷，庶免為情場之負義者。

在蓮仙幻覺自思自語之餘。忽又想起俞允文勸導之言，「雖未得確實消息，但君不能武斷她不在人間。」這話想深一層，確有道理，未証實之前，還祝她能脫險免災！

客途秋恨

曲詞 三五

重望慈雲法力行方便，把楊枝甘露救出火坑蓮。

蓮仙一線希望之未絕，猶望秋娟之花好月圓，乃叩請慈雲，焚香頂祝，祈禱玉人康吉，災魔不纏，以待崔護重來，劉郎再會。

望南天而神往，懇北斗以延年！或得佛法護持，賜福行其方便；希洒楊枝甘露，拯斯火坑紅蓮。

恨不能為費長房之縮地，早慰佳人，每懸念留仙舫之萍蹤，輒增愁緒！珠江之流滾滾，恨海之際茫茫，秋水望窮，柔腸寸斷！

這位多情才子，感慨萬端，滿懷心事，難對人言。惟有筆墨寄情，詩詞遣恨，又為創曲，藉表衷懷。曲曰：

難縮長房地，莫尋江上船，留仙舫渺渺愁心遠，珠江河滾滾波濤恨，惟望慈雲行方便，

楊枝甘露救此火坑蓮，免我望窮秋水腸先斷！

曲詞　三六

等劫難逢凶俱化吉，佪的災星魔障永不相牽！

祇望佛法無邊，人消劫難，逢凶化吉，魔不牽纏，苦海不興波瀾，慈航足資普渡，達登彼岸，同上春臺。從此業障全消，陰霾盡斂，雲開日出，又睹青天，否極泰來，重慶景運，燈花報喜，人月同圓。

爾時愛卿莫愁，檀郎無恙，并肩攜手，共泛舟於五湖，促膝談心，將隱居於盤谷，不求聞達，步武陶朱，只羨鴛鴦，忘情霍衛。人生如寄，富貴等於浮雲，好景不常，豪華視同糞土。平安是福，無病已若神仙；修養唯誠，有恆可臻佛道。

我以憂患餘生，屢瀕險阸！卿亦顛危飄泊，早厭風塵！既甘苦之備嘗，宜珍晚節！更艱慮之飽歷，願修來生！具此英誠，上格天心，為卿祝禱，夙願能償，浮名與我無縈絆，期與卿終老林泉！卿作滄浪吟，更誦卜居篇，卻不是屈原去國，但何妨蘇晉逃禪！閒唸黃庭經一卷，夫妻雙修坐蒲團。

客途秋恨

曲詞 三七

虧我心似轆轤千百轉，空眷戀！嬌呀但得你平安願，我亦任你天邊明月向別人圓。

蓮仙百感交集，酹酒花前，祝花能好，月能圓，人無災難樂堯天，留得他時相見地，相思慰解續前緣。

縱使前緣莫續，亦望玉人安全，大抵浮生若夢，無非夢裡姻緣，參透色空皆幻，長壽不過百年。頓覺塵寰暫寄，隨時都是終筵，何必自私爭奪？終須撒手歸天，只祝佳人無恙，任她明月向人圓。

忽聞花間鳥啼，又疑杜鵑：原來枝頭啁啾，卻是黃鸝。始知因物懷人，情絲緊縛：觸處生感，心似轆轤。

乃寫〈駐馬聽變調〉一曲，以示其痴。曲曰：

把酒花前，心焦似煎，錯聽黃鸝作杜鵑，遙天歸雁，遠水歸船，惟獨人難見，五更歸夢嶺雲邊。長眷念，許下平安願，但祝花常好，那管明月向誰圓！

聞擊柝，夜三更，又見江楓漁火照愁人。

蓮仙於子夜萬籟俱寂之時，更觸起千里懷人之緒，國事未能如願，愛人芳訊杳然，俯仰感傷，境至蕭瑟。無怪庾子山以一代詞人，六朝騷客，有〈哀江南賦〉之作，讀其賦，益增哀感，現在自己處境，何嘗不是這樣。

國未光復，人是遺民，四海英雄，無從會合，人民苟安，久事偽朝；更有為虎作倀，貪圖祿位，一經作宦，便忘國仇。所餘少數志士與山澤豪雄，聯絡舉義，而力有未足；難竟全功，我今遊幕江寧，從中策動，亦乏進展，孤掌難鳴。

連一心上愛人，風塵知己，亦護花無力，而且消息全無，午夜愁思，幾回拭淚，不能入寐，閒步江邊。時已三更，滿天星斗。涼風侵膚，已是深秋，舉目蒼茫，江流冷靜，江楓葉紅，經霜愈鮮，葦隨風動，搖曳招人，半江漁火，閃爍吐光，似憐愁人寂寞，向我慰情，不知愈增愁思；益無聊賴。

曲詞　三九

幾度徘徊思往事，怨嬌何必咁痴心。

自信崖岸自高，何至作繭自縛？庸脂俗粉，不值一盼；水性楊花，更無留戀。章臺走馬，等於流水行雲；逢場作慶，無非吟風弄月。而獨被秋娟情絲所繫，鏤骨難忘，不祇具有前緣，實為其摯情所感。

良由娟娟此姝，娓娓動人，一見鐘情，纏綿不捨。終身相托，非羨季子之多金；傾心相從，惟愛江郎之妙筆。綠窗伴讀，輒至更殘，紅袖添香，不辭夜永。知音難得，愛出至誠，未免有情，誰能遣此？

從斯盟山誓海，心如鐵石之堅，絕客拒賓，身同璞玉之守。屢試不爽，欲罷不能，彼固厭溷風塵，我則壯懷湖海，仍不渝乎前約，冀後會之有期，如此痴心，何忍相負！人非太上，未許忘情！所以憔悴相思，不容自己，遂寫〈天下樂〉一曲。曲曰：

客郵伶仃蝶夢殘，江楓漁火愁難遣，藕斷絲連，幾度徘徊念，回首憶孤舟唱晚，忍再聽琵琶管弦，怨嬌痴心枉相眷。

曲詞　四十

風流不少憐香客，羅綺還多惜玉人。

試想珠江風月，豔勝秦淮，羊石豪華，富稱南國，墜鞭公子，走馬王孫，浪擲纏頭，安排金屋，量珠競獻十斛，買笑何祇千金，欲植名花，求卿一諾。

亦有詞人騷客，才子風流，願為張敞之畫眉，更具潘安之才貌，紛題墨寶，爭送綺羅，款款深情，皆能惜玉，喁喁細語，亦解憐香。

以卿蕙質蘭心，綺年玉貌，風神絕俗，聲色超群，稍斂雙蛾，可迷下蔡，偶開兩靨，足惑陽城；沉迷花國之儔，不乏其類，徵逐情場之輩，實繁有徒。

略表殷勤，假以詞色，芸芸眾客，濟濟多才，爭伺候於粧前，咸拜倒於裙下，任卿選擇，對象易求，稍示端倪，便成佳偶，欲脫孟家嬋於平康里者，大不乏人，卿何為而不一顧耶？乃題〈減字駐雲飛〉一曲：

暗想嬌嬈，家住珠江漱石橋，啼鳳求凰調，比玉如花貌，嬌，無福也難消！

古道煙花誰不貪豪富，做乜你偏把多情向佳小生？

最奇者，卿以南國佳人，花叢魁首，繁華慣見，久飫膏粱；而竟不慕富豪，罔趨勢利，與俗見迥異，無煙花習氣。真如雞群一鶴，風俗獨標，如斯高潔，實所罕見。

而我以一介儒生，恥仕虜廷，不求聞達，四海為家，雖壯士尚非無顏，然床頭早已金盡，春風無力，慚對名花，亦曾披瀝肝膽，直言告之。卿偏諸多慰勉，一片深情，既不嫌貧，更愛風雅，為我歌〈松下樂〉一曲，詞意清高，超脫塵俗，猶記得曲云：

願為不染污泥花，移植儒林學士家，誓終身永共郎情話，會清標不在奢華；卸羅綺，換布麻，侍筆硯，或烹茶，君題詩時我習畫，閒遊雁蕩與棲霞。雁蕩山，在浙江樂清縣東九十里，盤曲數百里，其峰百有二，谷十，洞八，巖三十，絕頂有湖，水常不涸，雁之春歸者留宿焉，故名雁蕩。棲霞嶺，在浙江杭縣西北，一名劍門嶺，在葛嶺之西，嶺下有岳武穆墓。

曲詞 四二

沉且窮途作客囊如洗，就係擲錦纏頭愧未能！

而我兩袖清風，一身傲骨！未能擲錦，遑論藏嬌？深恐辜負柔情，難慰熱望！終身惹恨，徒喚奈何！詎卿慰勉頻加，獨垂青眼；更謂文章有價，難困池中；脫穎飛騰，鵬程萬里；祇要自強不息，何難躍登龍門！如此相期，知音足感！人非木石，孰可忘情？知已雖溷風塵，素心可質天日。盡其在我，以慰佳人，固一時之權宜，亦情理所應爾。

祇恨綢繆未已，又唱驪歌，好景不常，盛筵易散，浮生若夢，感慨萬千！我則湖海飄零，客途寂寞；卿則閉門謝客，獨守空幃，睹物懷人，相思莫慰！與言及此，淚洒青衫，每憶江樓餞別之時，同感迴腸寸斷之苦！望江水而寫恨，對嶺雲以生愁！別後雁斷魚沉，徒勞夢繞，今也回首，彌覺傷神！無限情懷，寫入〈傍粧臺〉一曲，曲曰：

遠行人，落拓江湖恨繞身，想人生有酒須當醉，莫向長亭灑淚頻，別時音語風吹斷，後會迷離夢寫真，珠江水，嶺上雲，舊遊回首更傷神！

客途秋恨

記得我填詞偶寫胭脂井，佢重含情相伴對住銀燈。

記得疏窗伴讀，相對銀燈，旖旎溫柔，含情熨貼，墨光生彩，紅袖添香，類坡老之朝雲，如樂天之樊素。

余方埋頭案上，走筆填詞，偶寫陳後主之風流，張麗華之韻事，觸情懷古，引史證今，恐樂極而生悲，慮離多而會少。

須知滿則招損，盈易變虛，天道無常，人生如幻，才華遭忌，色相成空，霓裳之舞方酣，馬嵬之禍繼起；玉樹之歌正歇，景陽之井同投。

任他寵擅椒房，獨沾雨露；臨春結綺，豔稱前朝。一旦漁陽鼙鼓，聲震長安；隋騎鐵蹄、踏破建業。帝皇亦難保其妃子，至尊更不免於蒙塵。

乃填〈折桂令〉詞一闋：

景陽宮井水殷紅，泉膩胭脂，影泛芙蓉，妃子同投，帝皇匿中，隋騎臨宮，霓裳破繁華春夢，椒房冷環珮秋風，玉樹歌殘，後庭無蹤，昔日風流，一旦成空！

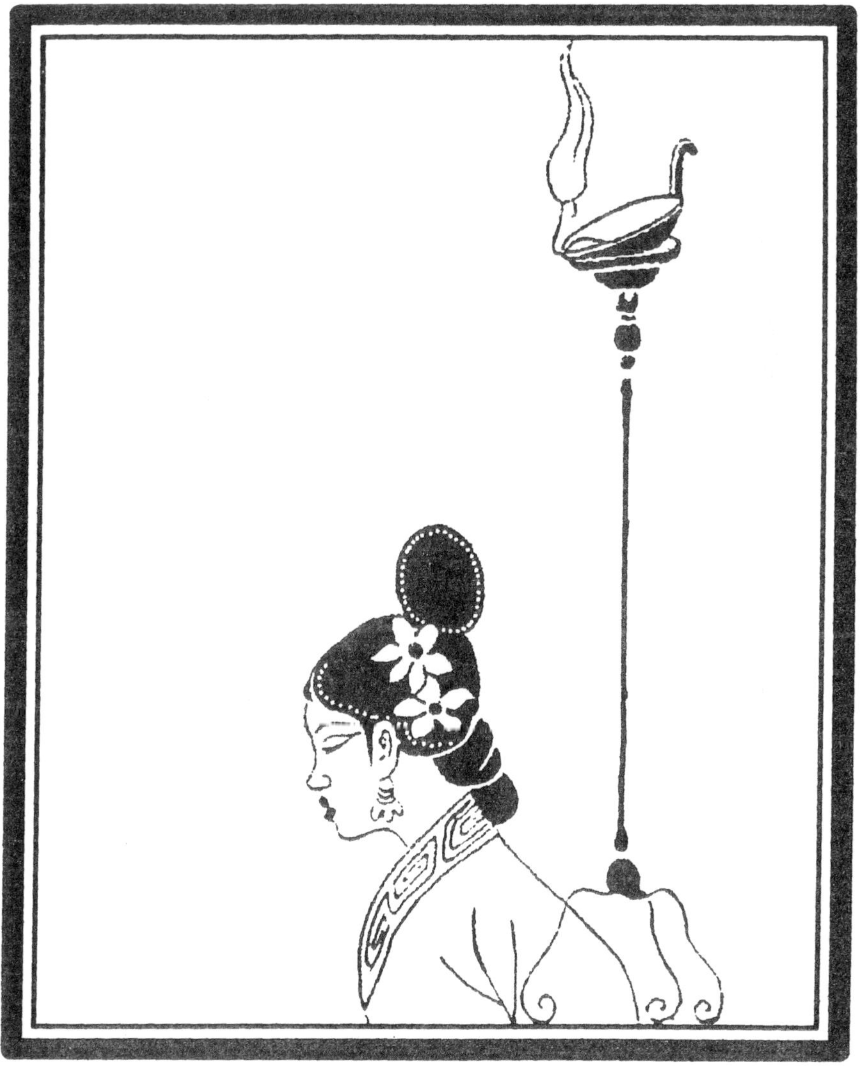

曲詞　四四

細問曲中何故事？我就把陳後主個段風流說過你聞。

秋娟見蓮仙填詞，有述及陳後主與二妃投胭脂井故事，因以為問？

蓮仙引歷史所載，向秋娟講述，曰：「陳後主，名叔寶，宣帝子，荒淫無度，嘗建臨春、結綺、望仙三閣，後主居臨春，張貴妃（麗華）居結綺，孔貴嬪居望仙，日與妃嬪狎客、遊宴其中。最愛張麗華，因張妃容色端麗，髮長委地，光澤鑑人，常靚粧臨軒，宮中人遙望之，飄若神仙，尤才辨強記，百司啟奏，後主置華於膝上共決之。其寵愛張貴妃，可謂極矣。天子臨朝，而置妃子於膝上以決事，亦屬罕見。」

後主每引賓客對張貴妃等游宴，使諸貴人及文學士與狎客共賦新詩，詞相贈答，采其尤豔麗者為曲調，其曲，有〈玉樹後庭花．臨春樂〉等調。（以上根據南史所載）

據《樂府詩集》云：「玉樹後庭花，分為二曲，玉樹別為一曲，為吳聲歌曲也。」

隋書樂志曰：「陳後主於清樂中，造黃驪留，及玉樹後庭花等曲，與幸臣製其歌詞，綺豔相高，極於輕蕩，男女相和，其音甚哀」，噫，此亡國之音歟！

曲詞 四五

講到兵困景陽家國破，歌殘玉樹後庭春。

後主既荒淫無度，玩忽朝政，不修武備，驕奢蕩佚，焉得不招侮乎！隋文帝遂乘其虛，（隋文帝，姓楊名堅，華陰人，仕北周為相國，為北周孝靜帝外祖，初封隨公，旋廢帝而弒之，自立為帝，改隨為隋，亡後梁，滅陳，自東晉以來，南北朝對立者百五十年，至隋始統一，在帝位十三年，後為太子楊廣所弒，楊廣，即隋煬帝也。）命大將韓擒虎率隋師攻陳，攻入朱雀門，陳後主倉皇中，始與張孔二妃匿於景陽宮之胭脂井，井水淺，不死，引之出，俘之長安。張麗華被斬於青溪中。

臙脂井。（後人稱為胭脂井）亦稱為景陽井。《南畿志》載：「景陽井在臺城內，後主與張貴妃（麗華）孔貴嬪投其中，以避隋兵，舊傳欄有石脈，以帛拭之，作臙脂痕，故名臙脂井，一名辱井」。

陳亡後，人以後主荒淫，而〈玉樹後庭花〉二曲，遂認為亡國之音。唐，杜牧，〈泊秦淮〉詩云：「煙籠寒水月籠沙，夜泊秦淮近酒家，商女不知亡國恨，隔江猶唱後庭花」。

客途秋恨

曲詞 四六

擕住二妃藏井底，死生難捨意中人。

此段哀情豔事，世人評辯紛呶，多云叔寶（後主之名）全無心肝，國亡家破，猶擕同二妃投井，藏匿固難倖全，潛逃更嫌累贅，如蠶自縛，如網自纏，卒至被俘，愛妃亦恐，謂其不智。

我則謂其深情痴戀，生死不變，江山已失，性命瀕危，仍不願死別生離，鴛鴦分散，此屬真愛，能甘共死，天地間有此情種，人所難能！天子以命殉情，兩妃亦肯玉碎，豈非情之摯者耶！？

我既同情此同命鴛鴦，自然與世俗之見有異，是以填詞悼惜，并寫衷懷，更有深自警惕之意，而生今古同悲之感，乃續寫〈黃鶯兒〉一曲：

戰火爍情天，共投宮井隱潛，弓鞋羅襪淤泥玷，生常并肩，情絲緊纏，相偎相倚長相伴，兩嬋娟，家亡國破，寧願命同捐。

蓮仙寫完此曲，當時詢秋娟曰：「我評如此，卿意云何？」

曲詞　四七

你聽到此言多嘆羨，都話風流天子更情眞！

秋娟聽罷蓮仙說，佢話風流天子實在情真，臨難不苟寧同死，不愛江山亦要愛美人。雖至國破家亡情不變，景陽宮井暫且藏身，縱使脫身無從數已定，死能同穴勝過生分襟，人生在世誰無死？死亦風流永遠相親。

此種偉大愛情罕世見，得郎解說實愜儂心！眼見世間多屬登徒子，始亂終棄並不是新聞；更有辣手催花肆殘暴，一言不合就煮鶴焚琴；或者假情裝作甜如蜜，將女性誘騙墮落風塵。

亦有女子薄情志在拜金，縱然結合馬上要離婚，見異思遷視男人為玩品，不償所欲立變兇神；貪慕虛榮自誇係時髦紅粉，廉恥喪盡不識閨箴，對象隨時可以更換，一句老話叫做暮楚朝秦。

所以聽說後主個段風流值得欽羡，怪不得二妃甘願跟佢犧牲，望郎揮動生花筆，把哀情描寫到入木三分！警惕世上男和女，愛情兩字勿當作閒文。

但係唔該享盡奢華福，故此把錦繡江山委路塵。

秋娟謂後主用情則摯，真堪嘆羡！唯律己不嚴，未免放縱。驕奢淫泆，為禍之媒，繁華享盡，樂極生悲，大好江山，送在已手，後主死如有知，亦愧對陳朝宗祖於九泉之下，為可恥也。

然其情深如海，生死不離，鎔鑄愛情，始終凝結，則後來風流天子之唐明皇，亦不敢步武陳後主之後塵，致令楊玉環有馬嵬香消之結果，不能與妃子同死殉情。後主此種堅決痴情，不能不算他獨步。

秋娟因崇拜情聖之陳後主，乃請蓮仙特將「胭脂井」一段哀豔事蹟，填詞以紀念之。

蓮仙即以「胭脂井死戀」為題，填〈哪吒令〉詞一闋。詞曰：

聽說他風流雲散起烽煙，天子摯情妃子豔，臨危攜手共投泉，胭脂井裡痴纏；玉樹後庭聲斷，恨情絲難繫此情緣。

曲詞 四九

你係女流也曉興亡事，不枉梅花為骨雪為心。

蓮仙靜聆秋娟所說，偉論滔滔，深情款款。估不到青樓麗質，原是冰雪聰明；紅粉佳人，也知興亡大事。堪比梅花為骨，秋水為神，較諸閨秀名門，不遑多讓！可稱聞一知二，觸類旁通，如此才情兼具聲色，洵屬卓爾不群！

對己既表摯情，對人不假詞色，願為終身伴侶，共賦河洲；更欲偕隱鶯巢，遨遊湖海；纏綿曠達，不慕虛榮，求諸末世，尤為難得。

倘獲天假佛緣，人償夙願，如范大夫之攜西子，泛舟五湖；若蘇學士之偶朝雲，漫游百粵。平添韻事，比美古人，佳話流傳，播諸吟詠，亦快意事也。

何妨效韓偓之香奩，杜牧之醉詠，遂成〈折桂令〉一曲：

泛金波有女同舟，不染纖塵，傲霜凌秋、冰雪聰明，花信時候，願賦河洲，風塵知己非誇口，煙花隊裡占鰲頭，掌上溫柔，懷裡風流，笑吟罷韓偓香奩，醉題在杜牧青樓。

曲詞 五十

你重話我珠璣滿腹原無價，知你憐才情重不嫌貧！

秋娟見蓮仙填詞，不用思索，筆走龍蛇，一揮立就，確是天才，世間少有，芳心大悅！乃謂蓮仙曰：「相公具此才華，珠璣滿腹，文章有價，錦鏽前程，若取功名，如拾草芥，身懷無價之寶，原可抱璞求售，一遇機緣，終必騰達。縱使懷才未遇，何妨遊戲文章，出其緒餘，便能自給，既成知己，甘願食貧，人之相知，貴相知心，望郎毋餒，奮發向前！」

蓮仙感此知音，銘心刻骨！且以花叢神女，慧眼垂青；而能卓識超凡，不隨流俗！如此情重，並不嫌貧、舌燦蓮花，欣慰無限！興致勃然，連寫二曲：

明月照，海棠邊，多情多俏多才辯，剔銀燈，紅袖捲，半露春纖，賞花心，恰遂了平生願。（迎仙客）

既不是江州司馬，又不是謝傳繁絃！卻只是憐才情重好姻緣，感卿垂青慧眼，不嫌囊裡無錢，重話我滿腹珠璣堪羨。（紅繡鞋）

客途秋恨

曲詞　五一

慚非玉樹蒹葭倚，正係蔦蘿絲附木瓜身。

當蓮仙寫曲詞之際，秋娟正妙目含情，欣賞風流才子之生花妙筆，得意傳神，妙入毫端，芳心暗慰。

忽見蓮仙擲筆嘆曰：「卿是麗質，柔若絲蘿，可惜我如木瓜之材，不足與玉樹喬松比擬，愛卿欲作蒹葭之倚，蔦蘿之附，恐負美意，徒慚材薄耳！奈何？奈何！」

秋娟聆言，似解非解，但因其嘆聲，知有傷感，乃詢曰：「君意云何？」

蓮仙解之曰：「蒹葭者，即水邊蘆葦也。搖曳而弱不禁風，苟有玉樹當風前，足為之護，庶有所倚托，才不至隨風飄搖。杜甫詩有『皎如玉樹臨風前』之句，謂其皎潔如玉樹之材美也。（隋唐嘉話，長安紀聞等書，皆言漢宮以槐為玉樹）蔦蘿者，蔓生草也，捲絡如絲，寄生於松柏楓桑等喬木，（附于桑者，即桑寄生）古人比親眷纏綿依附之意也。詩云：『蔦與女蘿，施于松柏』，謂喬木堪為女蘿所依附也。今卿以終身托余，是以為余如玉樹之美，喬松之巨耳。但余自慚無力，僅如木瓜之身，（灌木也，高僅數尺）豈堪付托？為此感嘆！」

曲詞　五二

洗淨鉛華甘謝客，是祇望早日脫風塵。

秋娟聽蓮仙解釋詞意，知是將物比人，咬文嚼字。因以溫婉而堅決的語調，向蓮仙慰勉，含笑道：「原來相公自謙，以木瓜自比，未免自卑了；須知滿腹經綸的才人，正是槃槃大材的喬木，機緣湊合，便可際會風雲，為國家棟樑，天下蒼生，都沾霖雨，豈有對於一弱女子而不能庇護之理？縱使文章憎命，未克如願以償，不論如何清苦，儂亦甘心矢志以相從！決意從今洗盡鉛華，摒卻羅綺，閉門謝客，靜候佳音，只望早脫風塵，離開平康里，（長安有平康里，妓女所居住之地，唐人謂為風流藪澤，事載『開天遺事』書中）與郎過著平安康樂的日子，這就是儂之唯一的願望了。」

蓮仙見秋娟如此堅決，深感其情深志定，只有諾諾連聲，不便再說掃興的話，免傷嬌心。

曲詞　五三

恨我樊籠無計開金鎖，故此鸚䳇羈留困佳姐身！

秋娟見蓮仙允諾，纔回嗔作喜，嫣然一笑，要蓮仙立寫一曲開心的詞兒，以紀其事，以祝其成，以示其堅，以誌其喜。

蓮仙只好又提筆寫〈折桂令〉一曲，對秋娟讚美，以慰其心。曲詞：

記風流窈窕知心，花開并頭，枕上横簪，花朵兒身描，月芽兒眉細，柳眼兒情深，腰肢兒扭斷了誰憐瘦損？桃腮兒引逗得人癢了心，洗淨鉛華，蝶勿相侵，不羡富貴神仙，但只望早脫風塵。

取詞通俗，秋娟循誦再三，由心裡笑出來道：「才人之筆，的是不凡，能令人悲，能令人喜，能引人笑，能引人哭，這樣的詞，才夠輕鬆韻味哩！」

蓮仙道：「為博嬌歡喜，所以不得不如此寫法；實則自慚無力，莫能為卿破樊籠而開金鎖，坐視彩鳳受困，鸚䳇羈留，嬌軀一日不自由，余心一日不得安，為可嘆也！」

曲詞　五四

況且孤掌難鳴爲遠客，叫我有心無力幾咁閒文。

我今遠離鄉井，遊幕嶺南，舉目無親，飄零異地，既乏他山之助，徒嗟孤掌難鳴！縱欲勉為其難，而自慚兩袖清風，深感有心無力！

以卿豔幟高張，老鴇視作搖錢之樹，固不願卿擇人而事，斷彼財源；縱肯任爾從良，亦必求其善價，居奇婪索，勢所必然。

我以一介寒儒，寄人籬下，焉有明珠十斛，贖取佳人？更無仗義良朋，拔刀相助！雖然兒女情長，難免英雄氣短！

恨阮囊之羞澀，欲問津而無從！慨馮鋏之獨彈，嗟為家之不易！正擬奮其驥足，湖海奔馳，冀獲機緣，以酬知己。

惟臨歧惜別，黯然傷神！留曲粧台，以誌離緒。曲曰：

遠行人，憔悴天涯萬里身，想人生唯有離別苦，客舍青青柳色新，數聲風笛長亭晚，卿在珠江我涉津，難分手，欲斷魂，相逢何日各沾巾。（傍粧台曲）

曲詞　五五

欲效藥師紅拂事，改妝黃夜共私奔。

秋娟曰：「君之處境，儂亦盡知，君既不能為儂脫籍，儂又不捨與君遠離，進退兩難，良非得已，何不效『紅拂妓與李藥師黃夜私奔』故事，不用君破費贖身，乘機遠遁，鴻飛冥冥，老鴇其奈我何。

想紅拂當年，原為隋之名妓，本姓張，名出塵，為隋煬帝時宰相楊素之侍妓，因李靖（字藥師）以布衣謁楊素，姬妾羅列，中有執紅拂者具殊色，獨垂青於李靖，是夜，靖歸旅舍，紅拂夜奔之，曰：『妾楊家紅拂妓也，絲蘿願託喬木』，乃與靖俱適太原。

此段故事，與我們處境略同，君之才情環境，與李靖未得志時一樣，而儂亦溷跡於青樓為妓，愛才心重，一如紅拂當年，紅拂與李靖，終成眷屬，吐氣揚眉，後人傳為佳話，未聞有非議之者。只要君有勇氣，儂有決心，遠走高飛，便可開金鎖，脫樊籠，豈不兩全其美之法嗎？」

又怕相逢不是虯髯漢，陌路欺人會起禍根。

蓮仙曰：「如在太平之世，卿所言未嘗無理，但現當紛亂之時，伏莽遍地，強徒出沒無常，一旦狹路相逢，勢難倖免。而且卿以麗質嬌軀，惹人注目，奔馳崎嶇，更非習慣，行蹤難掩，躲匿無從，險惡世途，鬚眉男子，亦具戒心，巾幗女流，安能冒險？就是紅拂當日，幸遇虯髯，豪俠襟懷，不欺孤弱；若逢暴客，難免摧殘。苟令紅拂生在今時，恐亦不敢嘗試。事宜審慎，免起禍端，還望三思，切勿鹵莽！」

秋娟聽罷。深鎖愁眉，淚眼相對，一籌莫展，蓮仙恐傷芳心，百般慰解，乃譜寫新曲，使奏琵琶。曲曰：

情意兩相投，別離何曾慣，同心誰解玉連環？與子偕行，陌路相逢，恐非虯髯漢，怕強暴欺凌惹禍根。（加字醉春風曲）

曲詞　五七

龍潭虎穴也非輕易？個陣恩愛翻成誤玉人！

秋娟奏罷琵琶，沉思不語，良久，向蓮仙表示，謂君作遠行，儂留珠海，迴腸寸斷，度日如年，此中酸辛，實難忍受。

而況鴇兒愛鈔，葉氏子又懷問鼎之心，不難利誘老鴇，迫儂變節，內外交迫，何以自存？與其久處樊籠，任人宰割；不如冒險偕逃，冀離苦海；縱使難逃阨運，亦所甘心！猶勝於久困愁城多矣。

蓮仙曰：「不然！卿宜以理智抑制情感，平心熟慮，利害自明，卿現正當走紅，鴇兒視為珍寶。斷不肯施強威迫，斷此財源；葉氏亦欲博卿懽心，不會出其辣手。卿可以緩兵計延其時日，便可相安，若卿一旦偕逃，鴇兒必偵騎四出，葉氏亦可助其追蹤，前路既荊棘滿途，儼同虎穴，後退必遭毒手，如困龍潭，爾時再欲行緩兵計，亦不可得，豈不是恩愛翻成恨事，求全終誤玉人？反為不美！」

客途秋恨

曲詞 五八

思量啣石填東海，好似精衛虛勞一片心。

若棋錯一著，誤卻全盤，抱恨終身，情天莫補，恨海難填，徒負卿一片痴情，只贏得兩地相思而已。

須知力所不逮，而勉強行之，如精衛之啣石填海，徒虛勞而無補於事耳。

秋娟詢「精衛」之典故出處？蓮仙曰：此為《述異記》所載：古稱炎帝女溺死，化「精衛」鳥，與海燕為偶，生子，雌為精衛，一名冤禽，雄為海燕。

又《博物誌》稱：精衛，是海邊小鳥，似烏，白喙赤足，常啣西山木石以填東海。後人之「有深恨而力不克遂其志」者，常以此相喻。

秋娟聞言，愀然不樂，曰：「然則吾儕之前途，無希望乎？」

蓮仙曰：「是又不然！不過說偕逃之不可行耳。若彼此堅其心以待其機，皇天不負有心人，焉知希望之不達，結果之不佳乎？斯則須假之以時耳。聖人云：『欲速則不達』，又曰：『臨事而懼，好謀而成』其斯之謂歟！」

客途秋恨

虧我胸中枉有千言策，做乜並無一計挽釵裙？

秋娟見我認為「以緩兵計應付，較冒險私逃為妥。」乃尊重我的意見，放棄原來「效紅拂私奔」的主張，真可謂能從善如流，而愛我之深，已可概見。

及今回思，更覺秋娟真愛之偉大！而我以昂藏丈夫，自命不凡，筆下雖倚馬可作萬言，事到頭來，竟無一計脫佳人於火坑，卒因亂事爆發，音訊隔絕，吉凶未知，對月懷人，誤己誤人，兩無是處，徒增煩惱，實深自慚！

不如逃禪，懺悔綺孽，參透色空，免困愁城。思至此，心境漸見澄澈，妄念亦不再生，一切往事，視作雲煙，百般新愁，宣諸筆底，遂藉詞曲，以寄情排悶。乃寫〈變調水仙子〉一曲：

回思韻事已如煙，徒負知音未了緣，胸中枉有千言策，并無良計救嬋娟，情惻惻，淚漣漣！對花愁看月華圓，漫天烽火人何在？遍地荊榛馬不前，空有恨，欲逃禪。

客途秋恨

今日前程盡付東流水，好似春殘花蝶兩相分。

蓮仙雖具夙慧，但未到大澈大悟之時，歷刧未完，情緣未盡，偶然靜中生靈，覺人生味同嚼蠟，便欲參禪，逃避現實，袪除煩惱。

惟凡人總是凡人，一旦不離塵境，一旦仍是苦惱，縱居最後關頭，決心擺脫一切，堅志向道，猶不免道高一尺，魔高一丈，如影隨形，以考驗向道者的定力如何。

何況人生總是矛盾的，越是聰明人，越被「貪嗔癡愛」所困惑，反不如下愚之人，渾渾沌沌，無所感覺，尚少煩惱。蓮仙是富於情感的才子，更不能例外了。

蓮仙恰和梁元帝，李後主輩，同一類型，所以每對春樹暮雲，流水落花，或蝶弔殘枝，或雁悲隻翼，都觸處生愁，又把牠寫入詞曲。曲曰：

柳煙遮岸隔春雲，雁失其群，前程似錦隨流水，悵漁郎猶在迷津，自恨東風乏力，空教花蝶相分！

客途秋恨

曲詞　六一

正係神女有心空解珮，襄王無夢再行雲。

蓮仙原欲以達觀出之，一切付之空幻，藉禪理以解脫塵緣，但不旋踵又生愁思，被情絲牢縛。

所謂藕雖斷而絲連，愛愈深而情摯，此多情才子，不免又想入非非矣。

一旦偶誦宋玉〈高唐賦〉：「昔者先王嘗游高唐，怠而晝寢，夢見一婦人，曰：『妾巫山之女也，為高唐之客。聞君遊高唐，願薦枕席。』王因幸之。去而辭曰：『妾在巫山之陽，高丘之岨，旦為朝雲，暮為行雨，朝朝暮暮，陽台之下。』旦朝視之，如言，故為立廟，號曰朝雲。」

覺秋娟初遇已而留髡，從此纏綿相愛，儼如神女之會襄王，而今勞燕分飛，雖然神女有心，而襄王難與再會矣。遂寫〈高唐夢〉一曲：

藕斷絲難斷，月圓人未圓，夢高唐，別後離愁牽，到而今神女巫山遠。你留戀時我留戀，天有情時人有緣，玉驄嘶，逢著紅粧面，才是我相思債滿。

曲詞　六二

重怕一別永成千古恨，蠶絲未盡枉偷生。

蓮仙思之不已，憂念更生，恐從此一別，與秋娟無再會之期！自己之滿懷心事，無從細訴；而秋娟如在人間，必怪自己爽約，誤了佳人。兩地相思，兩情隔閡，女兒家多善感，容易積思成憤，憤極輕生，則我雖不殺伯仁，伯仁因我而死，綿綿此恨，千古難消，長疚內心！其何能釋？乃寫〈耍孩兒〉一曲寄意。曲曰：

昨宵夢裡分明見，醒來時枕剩衾單，費長房縮不就相思地，女媧氏補不完離恨天，相思離恨知多少，煩惱淒涼有萬千，別淚銅壺相滴，愁腸蘭焰同煎。

正是蠶絲未盡，如繭自縛，蠟炬未殘，如膏如煎，偷生人世，度日如年，長枕痴纏，徒自苦耳！

蓮仙思維再三，擺脫莫能，自命多情，便是煩惱！想人生如寄，至死方休，一息尚存，尚難解脫。

客途秋恨

曲詞　六三

今日飄零書劍爲孤客，扁舟長夜嘆寒更。

矧現在客途寥落，書劍飄零，月冷秦樓，雲迷楚岫，漫漫長夜，獨數寒更，點點繁星，偷窺孤枕。

扁舟一葉，棹泛煙波，哀柳殘枝，風搖霜露，似庾信之蕭瑟，哀此江南，作屈原之行吟，懷其故國。

舉杯邀月，莫解予愁，傾酒酹江，難消此恨！楚騷讀罷，更惹離憂！秦缶擊殘，益增悲憤！

誰吹羌笛？夢破關山！徒聽雞聲，方知天曙。覺曉風之透臆，感病骨之支離，瞻前路之茫茫，

對江流之滾滾，挑燈握管，宿酒初醒，漫寫低唱，卒成一曲。〈減字解三酲〉曲詞：

秦樓月與簫聲並冷，嗟孤客書劍飄零，扁舟月照離人眼，長安寂寞嘆寒更，傷寥落，最堪憐曉風殘月，茅店雞聲。

曲詞 六四

男兒短盡英雄志，縱使得成富貴亦是虛文。

雖然志欲凌雲，而素心人遠，無聊歲月，日困愁城，倚闌干而悵望，見秋雁以獨悲！天空海闊，錦字難傳；日月如梭，流光易逝！

英雄淚洒，壯志消磨！兒女情深，離懷莫遣！頭顱如許，知音其誰，形影相弔，同情有幾？

縱使富貴立就，亦屬虛若浮雲；須知男子鬚眉，應具匡濟抱負。乃竟進無補於蒼生，退有負於知己，言念及此，能不慨嗟！

因對此蕭條景況，冷淡人情，覺世途之崎嶇，感浮華之乏味，滿懷苦悶，惟宣筆端，乃寫〈粉蝶兒〉一曲寄意。曲曰：

斜倚闌干，見暮秋兩行歸雁，海天空錦字難傳，嶺雲橫，吳江冷，嘆年光如箭，玉人芳訊總杳然，縱成富貴怎消遣？

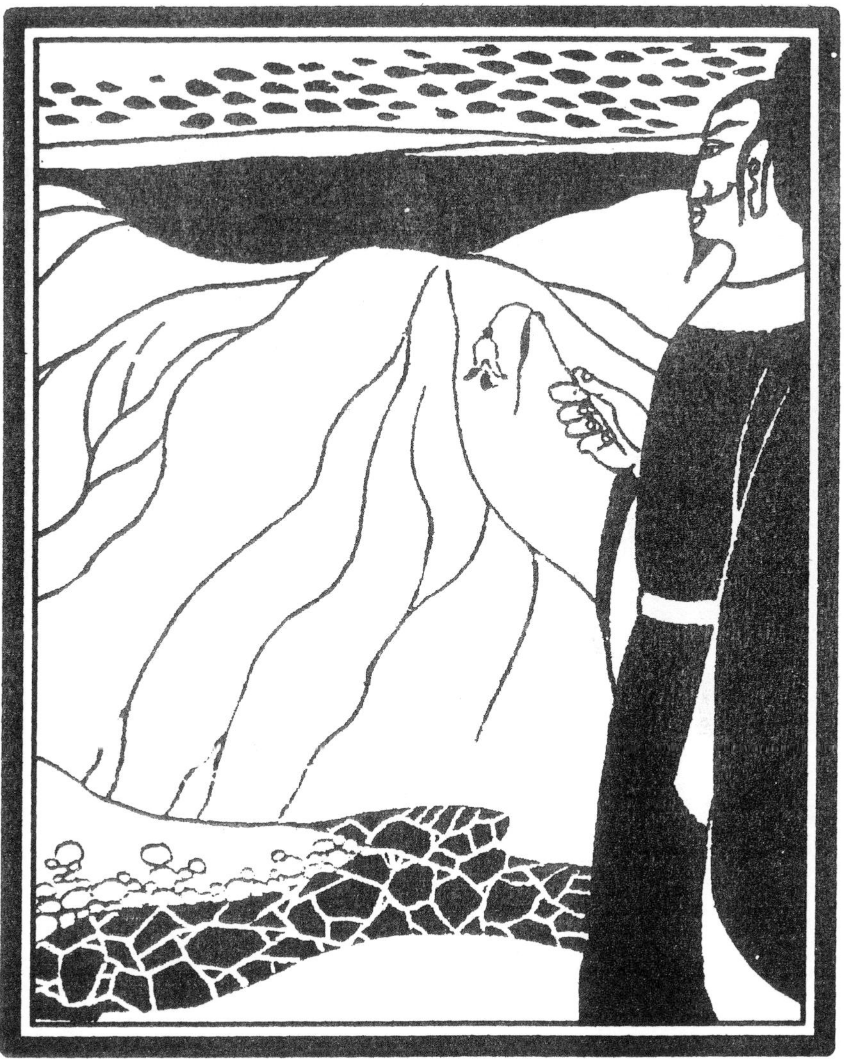

曲詞 六五

只爲放開懷抱思前事，越思越想越覺傷神。

蓮仙在「檢討過去，追溯前情」的時候，思潮起伏，倏忽變化，或因情深而絲連藕斷，或欲解煩惱而意想逃禪，或江邊步月，或湖上停橈，或把酒凌虛，或寄情吟詠，終未能消其憂而息其慮，澄其思而寬其懷。

反而前情往事，湧心如潮，紛至沓來，縈懷莫釋。越思越想，越覺傷神！以後未了之緣，能否再續？秋娟飄泊之身，是否安全？縱使玉人無恙，如何脫籍藏嬌？現正烽火燎天，關山阻隔，如何通其消息？自己寄人籬下，如何脫穎揚眉？種種問題，尚難迎刃而解。焉得不令蓮仙心焦神馳，而不容恝焉置之也。悠悠歲月，草草勞人，百感交摧，千言莫盡，有懷難遣，無處慰情，蓮子苦心，才子傷神，蓮仙則兼而有之矣。

曲詞　六六

風送夜潮寒澈骨，又聽得隔林山寺報鐘音。

蓮仙憂患頻年，飽含酸辛，客途獨處，靜中生愁，午夜迴腸百轉，平添離緒千般，孤枕冷清，寒氣澈骨，百無聊賴，慰藉有誰？旅況淒涼，殘燈獨對，江風扇枕，終宵不寐。忽聞寒山寺之鐘聲，傳來耳畔，突破岑寂，似報潮音，深夜靜聆，陡生警覺，如膺佛旨，指示迷津。更見月影西移，透入蓬窗，伴此愁人，慰其相思之苦。乃擁衾倚枕，重燃新燭，漫寫新詞，為〈滿庭芳〉曲。曲曰：

到而今擁衾獨眠，寒風透骨，長夜如年，寺鐘聲聲把愁人喚，隔林殘月映窗前，我這裡歸期難算，她那裡秋水望穿，盼音書尋方覓便，向江頭岸畔，問遍粵來船。

聲聲似解相思苦，獨惜心猿飄蕩向那方尋？

所謂暮鼓晨鐘，本可發人深省，豈此幾杵疏鐘，為解人相思之苦，而聲聲傳來耳畔，令余聲入心通耶？

如是我佛慈悲。施無上法力，為苦海慈航，普渡眾生苦惱？則當馨香頂祝，求為秋娟解脫災難，使有情人終成眷屬！但凡人心猿意馬，放易難收，欲斂氣凝神，皈依三寶，為秋娟諒解，上格天心，下消人禍，獨惜心猿飄蕩，欲如孟子所說：「收其放心」，亦不知向何處著手？有心向道，而綺孽未完，每擬澄心，而綺念旋起，可知情之所鍾，擺脫談何容易？鐘聲未歇，又聽鵑啼，心傷之餘，寫〈折桂令〉一曲。曲曰：

記相逢月夜魂迷，誓海盟山，贈詞投釵，一片芳心，三生孽債，萬種情懷。倚闌干風飄繡帶，步花間露濕弓鞋，人去愁來，信阻音乖，苦煞相思，怕聽鵑啼。

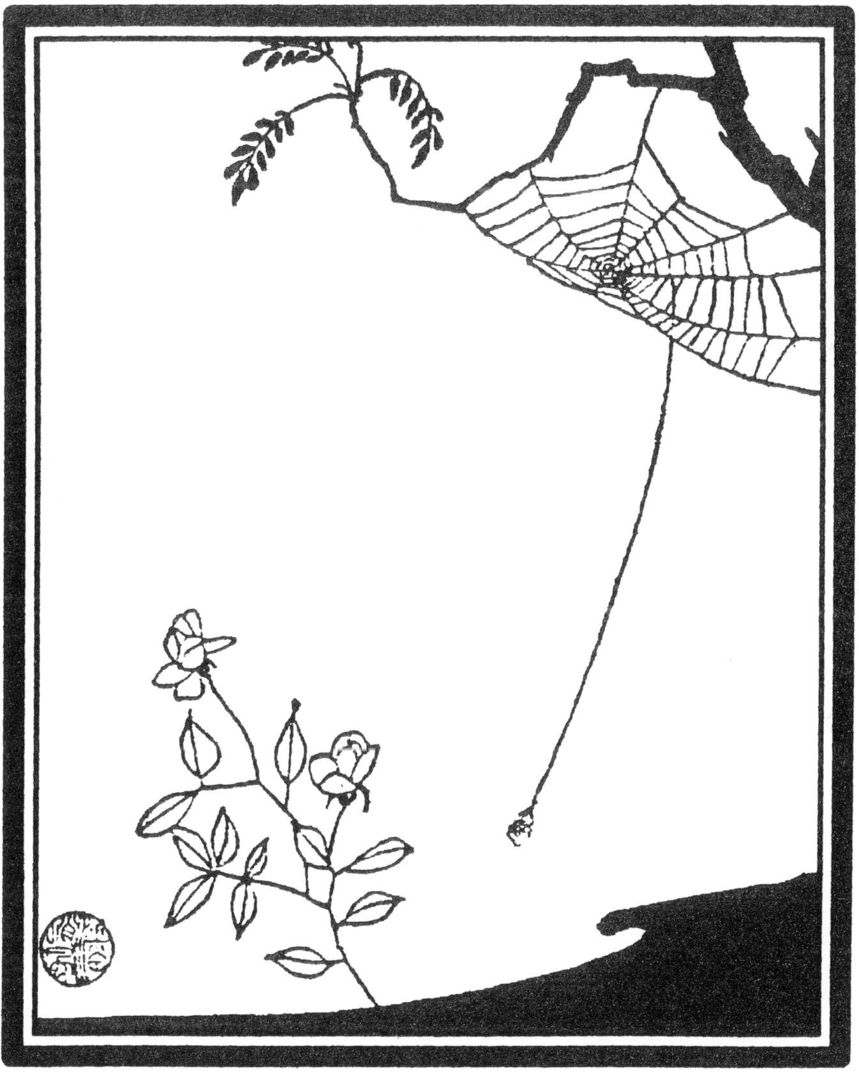

曲詞　六八

既說苦海濟人登彼岸，做乜世間留我種情根。

雖云佛本慈悲，法可濟人，然而苦海浮沉，慈航尚渺，欲登彼岸，先脫魔障，所以「摩訶般若波羅密多」（梵音）就是作「大智慧登彼岸」的中文解釋，我而今欲脫情障，戒絕痴愛，必先由自己立下「宏願」回復「靈明」，運用本身之大智慧，以慧劍斷情根，始有解脫塵緣，達登彼岸的希望，並非向僧門求之，便能臻道也。

但情根牢種，塵緣未盡，尚未能做到「明心見性」的境界，亦即儒家「克己」之功未達，佛縱如何慈悲，亦要看爾「定力」如何，能否自拔？然後結善緣法，以相濟渡的。

現經一年已過。錢塘之海甯潮汎又來，而伊人不見。芳躅杳然，目睹柳衰草黃，暮山凝紫，念也灰，魂也銷，孤嘯低吟，又成一曲。曲曰：

苦海慈航遙，看錢塘又泛潮，難登彼岸成孤嘯，僧門懶敲，情根不搖，暮山凝紫煙光罩，晚蕭蕭，堤邊衰柳，悵望客魂消。

客途秋恨

曲詞　六九

想必風流五百年前債，結成夙恨在紅塵！

我本擬以大決心，求大解脫，但情絲不斷，魔障未消，佛性尚昧，證道奚能？想必風流孽債，早結五百年前，情根牢固，陷於紅塵難拔，是亦數也，夫復何言！

憶昔良宵值萬金，韻事堪傳；而今寒宵苦獨衾，恨事編纏！她則如楊花漂泊無定，我則寫丹楓和淚悲吟！空對著罏燼香消，低詠著調不成音！

風流自古多遺恨，難消夙孽，恨戀紅塵！最難禁對影長愁！那堪聽啼猿唳雁！素心人遠誰慰藉？只剩得青燈黃卷亂離身！寥落天涯，孰為知音？迴還思索，倍感淒然！乃以〈黃鶯兒〉一曲寫意。曲曰：

別調不成音，寫丹楓和淚吟，楊花漂泊渾無定，良宵萬金，寒宵獨衾，風流自古多幽恨，最難堪，空餘香燼，夙恨在紅塵。

曲詞 七十

又見秋水遠連天上月，團圓偏照別離身。

抬頭縱目，只見秋水綠波，與月色相映，而月圓人未圓，雁歸人未歸，客途悵望，臨江涕零，人喜秋光，我悲蕭瑟！傷落花與飛絮，似薄命之佳人！

無怪梁元帝《蕩婦秋思賦》有云：「蕩子之別十年，倡婦之居自憐！登樓一望，惟見遠樹含煙，平原如此，不知道路幾千？天與水兮相逼，山與雲兮共色，山則蒼蒼入漢，水則涓涓不息，誰復焉知鳥飛？悲鳴隻翼！……」。

我與秋娟之境遇，已為梁元帝描寫於筆端，造物不仁，以蒼生為芻狗，既生我才，復生我恨，憐她薄命，莫展一籌，國難心憂，情場身歷，顛連困阨，叢集藐躬！對景傷懷，藉詞發洩。曲曰：

何處是歸程，望嬋娟愁又生，思卿淚落吳江冷！鄰雞一聲，譙樓五更，團圓虛想終分影，忒傷情，佳人薄命！飛絮逐浮萍。

曲詞 七一

水月鏡花成幻想。茫茫色空兩無憑。

想人生離合悲歡，均成幻相，情海波瀾，宛同夢境。聽江流之嗚咽，似寫辛酸；對鏡裡之名花，焉能解語？朦朧月色，益感淒迷！淅瀝風聲，徒悲冷峭！傷獨行之踽踽，念長恨之綿綿！停驂客途，含辭哽咽！而遠望嶺南，山川重阻，卿之贈言在耳，我之踐約莫能，內疚於心，淚流於頰，汒茫後顧，知音尚有伊誰？渺渺前塵，色空無非皆幻。所謂鏡花水月，安得留痕？鴻爪雪泥，終亦無跡。往日之歡娛未足，今宵之慘惻彌傷！乃歌〈入風松〉一曲：

鏡中花月可憐宵，境幻入遙，有情人唱無情調，色空終覺總無聊。珠海流聲嗚咽，嶺雲隔斷藍橋。

曲詞　七二

恩愛自憐同一夢，情緣誰爲証三生。

往日恩愛相憐，纏綿不釋，而今音沉響絕，忉怛長嗟！說什麼窈窕佳人？戀什麼軟玉溫馨？一霎時天涯海角，勞燕分飛，回首前塵，恍如一夢！

三生石上，莫證前因，一片冰心，已付流水，熱望都成畫餅，芳容幻若鏡花，嘆天道之難憑，感世途之艱險，徒使沈郎瘦損，更憂玉女安全！

好夢難成，對燈惆悵，漫漫歲月，總是無聊，耿耿心情，彌傷有恨，惟將愁緒，寫入新詞，不盡情懷，漫吟舊曲。乃以〈商調二郎神〉一曲寄意。曲曰：

恩情，當初共認，今成畫餅，似水底燈前花月影，渾同一夢，誰知天道無憑，萬種深情一片冰，孰謂三生石上証，念卿卿，使沈郎瘦損，堪嗟綺夢難成。

客途秋恨

曲詞　七三

今日意中人隔天涯近，空抱恨，琵琶休再問。

今日意中人遠，咫尺天涯，都無覓處，每聽江邊賣曲之聲，回想秋娟琵琶之美，不禁悲從中來！

睹落霞與孤雁齊飛，想芳訊共嬌容俱渺，昔日之山盟海誓，今已成空，鳳枕鸞衾，徒勞追憶！

從此會少離多，人遐境異，秦樓楚館，無意流連，韻事情緣，除非夢會！

過去一切，礙隔仙凡，來日百憂，由天作弄，只有付諸於數，委諸於命，隨緣而適，隨遇而安耳。

乃以〈駐雲飛〉一曲，誌其懷念之殷，寫其離別之苦。曲曰：

暗想嬌容，疑是瑤台月下逢，鳳枕鸞衾共，海誓山盟重，空，一曲琵琶終，分散西東，

會少離多，天也將人弄，鳳去秦樓塵已封。

惹起我青衫紅淚越覺消魂！（全曲文完）

總之，秋娟生死之消息未明，蓮仙懷人之離愁莫解，多情才子，大抵皆然。大有唐詩人元微之（稹）「遣悲懷」詩（悼亡詩）句中「同穴窅冥何所望，他生緣會更難期，惟將終夜常開眼，報答平生未展眉」之慨！

現雖未証實秋娟已死，但亦不能決其必生，在惝怳迷離之中，負相思未了之債，天台路梗，嶺表雲封，芳躅難尋，烽煙未熄，漫漫長夜，益增煩憂，耿耿孤懷，祇餘幽恨，伊誰堪語？慰我癡情！惟寫詩詞，狂歌當哭！遂以〈哪吒令〉一曲寄意：

自別卿，珠江流域起烽煙，梅嶺雲路險，難尋芳躅續前緣，相思債，幾時完？未了情，徒增恨！祇空餘紅淚濕青衫。

客途秋恨

再版題跋

當前粵劇文化發展，波瀾壯闊，欣欣向榮，大放異采。省港澳三地，粵劇藝社、粵曲歌社之類的歌壇組織，其數量多不勝數，大大小小的粵曲演唱會，近乎天天都有，好不熱鬧。唱粵曲之風，過往僅流行於成人，影響所及，現時很多中小學於課餘，都聘請名師到校開班授課，以作延續嶺南文化之舉。粵曲唱腔南音以〈客途秋恨〉最爲膾炙人口，而擅唱此曲者以粵劇泰斗——玉喉南音大師白駒榮先生爲最著，其唱功瘋靡嶺南，傳唱近百年而不衰，至今無人能出其右。

伍百年先生述釋〈客途秋恨〉一曲意蘊而成書，初版於一九九八年，倏忽二十載，書市缺售已久，欲購向隅者眾。此際再版是書以饗讀者，其深層意義是傳承及弘揚粵劇文化，壯大中華文化的內涵。本書再版特色是版面設計一新風格，以古雅爲主，並附載一篇學術論文〈伍百年先生其人其詩〉，以供讀者進一步認識伍老先生才情橫溢的文采。

承蒙總經理梁錦興先生及副總編輯張晏瑞先生鼎力支持再版此書，謹以摯誠向他們兩位致謝，同時也感激成功大學文學院院長張高評教授及成功大學中文系高美華教授二人，特爲此書撰寫推薦題詞。

文化生活叢書 · 詩文叢集 1301039

客途秋恨

著　　者　伍百年
編　　者　方滿錦
繪　　者　潘峭風
責任編輯　楊芳綾

發 行 人　林慶彰
總 經 理　梁錦興
總 編 輯　張晏瑞
編 輯 所　萬卷樓圖書股份有限公司
排　　版　游淑萍
印　　刷　百通科技股份有限公司
封面設計　菩薩蠻數位文化有限公司

發　　行　萬卷樓圖書股份有限公司
臺北市羅斯福路二段 41 號 6 樓之 3
電話 (02)23216565
傳真 (02)23218698
電郵 SERVICE@WANJUAN.COM.TW
香港經銷　香港聯合書刊物流有限公司
電話 (852)21502100
傳真 (852)23560735

ISBN 978-986-478-218-6

2020 年 7 月再版三刷
2019 年 1 月再版二刷
2018 年 10 月再版一刷
定價：新臺幣 280 元

如何購買本書：

1. 劃撥購書，請透過以下郵政劃撥帳號：
帳號：15624015
戶名：萬卷樓圖書股份有限公司
2. 轉帳購書，請透過以下帳戶
合作金庫銀行　古亭分行
戶名：萬卷樓圖書股份有限公司
帳號：0877717092596
3. 網路購書，請透過萬卷樓網站
網址　WWW.WANJUAN.COM.TW

大量購書，請直接聯繫我們，將有專人為您服務。客服：(02)23216565　分機 610

國家圖書館出版品預行編目資料

客途秋恨 / 伍百年著 ; 潘峭風畫 ; 方滿錦編.
-- 再版. -- 臺北市 : 萬卷樓, 2018.10
面 ;　公分. -- (文化生活叢書. 詩文叢集)

ISBN 978-986-478-208-6(平裝)

857.7　　107014789